西田大輔

論創社

*目次

# リインカーネーション　リバイバル

# 登場人物

趙雲子龍（ちょううんしりゅう）……　幽州の公孫瓚配下。腕が立ち部下の信頼も篤い。

周瑜公瑾（しゅうゆこうきん）……　呉の孫堅に仕える女性軍師。許婚である孫策とともに「不殺の国」の建国を誓う。業の謎を追っている。

劉備玄徳（りゅうびげんとく）……　庶民の出生でありながら漢の高祖の末裔として天下を目指す。人一倍、篤い人望を持つ。悪い予感がすると体が震えだす。

夏侯惇元譲（かこうとんげんじょう）……　曹操配下。曹操とは幼馴染。龍生九子・蒲牢に「天下を獲る才」を持つとされ、選ばれている一人。

張飛益徳（ちょうひえきとく）……　劉備とともに天下を志す義兄弟。単純だが義に篤い。方向音痴。

馬超孟起（ばちょうもうき）……　曹操配下の若き武将。憧れを持つ相手からの影響を受けやすく、その人の個性を自分のものにする高い吸収力を持っている。「死んでも～～する」が口癖。

楽就……荊州の袁術配下。黄巾党の捕虜となり、彼らに協力する。何かを探っているようだ。

張角……民衆を集め蜂起した黄巾党の党首として戦う少女。龍生九子・蒲牢に「天下を獲る才」を持つとされ、選ばれている一人。

華雄……涼州の董卓配下。女性でありながら勇猛果敢。

張遼文遠……何進将軍配下だが、袁術に雇われている。自分が真に仕えるべき主君を探している。

袁術公路……荊州にて力をふるう名門、袁家の諸侯。呉の孫堅とは旧知の仲。他勢力に先んじるため策を巡らせる。

張曼成……黄巾党党首・張角の育ての兄。高い武力を持つが、人の名前をなかなか覚えることが出来ない。

曹仁子孝……魏の曹操配下。曹操の幼馴染。常に怒っている。口癖は「馬鹿もんが！」

蒲牢……天の龍の二番目の子と称する、龍生九子。意のままに風を起こす力を持つ。天下を獲る才を持つ者に業を追わせる。

甘……身分の低い出自ながら劉協に付く官女。実は少々天然。

孫堅文台……江東にある孫呉の君主。勇猛であり、多くの家臣が信望を集める大器。孫策、孫権という息子がいる。

公孫瓚伯珪……幽州の主君。白馬長史の異名を持つ。趙雲を息子のように大切にしている。劉備とは旧知の仲。

曹操孟徳……騎都尉の地位を得て急速に力を付けている。夏侯惇、曹仁らと共に実力のある臣下を集め、天下を狙う。

荀彧文若……魏の曹操の元に食客として身を預けている軍師。見目麗しい風貌で、鋭い洞察力と迅い決断力を持つ。

岩……岩のように見えるが、言葉を話す。小さい。

魯粛子敬……呉の孫権配下。孫堅、周瑜に付き従い、常に影から支える軍師。

劉協伯和……現在の皇帝の息子。次代の覇権を狙う勢力に祭り上げられた、世の中を何も知らない少年。

典韋……曹操配下の女性武将。高い戦闘力で曹操を護衛する。基本的に「いいよ」以外喋らない。

青年……戦乱によって親をなくした名も無き青年。平原で生まれた。戦いの中、張角に救われる。

トウモ……張角に拾われた黄巾兵。

ソンカ……張角に拾われた黄巾兵。

コウショウ……張角に拾われた黄巾兵。

テイエンシ……張角に拾われた黄巾兵。仲間内では兄貴分。

ハサイ……黄巾党の将軍。かなりの田舎の生まれで、訛りが強い。

王門（おうもん）……公孫瓚配下の将軍。

于禁文則（うきんぶんそく）……曹操配下の武将。

夏侯恩子雲（かこうおんしうん）……曹操配下の武将。

李典曼成（りてんまんせい）……曹操配下の武将。

何進遂高（かしんすいこう）……劉協の兄を次期皇帝として押し上げ、更なる覇権を握ろうとしている将軍。現在、実質的に漢王朝をその手に収めている。

——舞台は、風の音を聞く黄色い布を纏った少女から始まる。

これは、いつかの時間、何処かの国での誰かの、物語。
現代なのか過去なのかはたまた未来なのか。
名前を捨てた少女は誰かの為の天下を願い。
若き騎都尉は友の宿命に抗う天下を願い。
屈強な男は生まれ育った夢達に天下を願い。
蓆を売る男はただ己を探す為の天下を願い。
それぞれに——旗を持つ。
天の龍まで届くようにと、掲げる色違いの旗。
その旗をゆらゆらとなびかせる子供がいる。
天の龍には九人の子供がいる。
誰もが——育つその日まで。

「この日を——旗にする。戦の始まりだ」

# PROLOGUE

舞台まだ暗い。さっきまで鳴り響いていた軽快な音楽は鳴りやみ、
辺りは深い闇に包まれる。
水滴の音が一粒、二粒。
やがてそれは砂のように消え、段々と強い風の音に景色を変える。
水は砂となり、それは砂塵になり。
――搔き消えそうな「誰か」の声が聞こえてくる。

誰か　天から風を巻くように。この世にやってきたんだよ。あんたの名を教えたげるよ。ほら、
思い出してきたよ段々と。教えたげるよあんたの名。ひとつの天にひとつだけ。ひとつの
生にひとつだけ。あんたが背負って捨てるのさ。

――光が降りると、少女が座っている。
名を、「張角（ちょうかく）」。

——誰かではない、誰かの名を持つ少女である。

張角　……。

誰か　あんたの名を教えたげるよ。天下の下にいる名だよ、龍生九子の子供だよ。黄砂の夢は天の夢。天から風を吹かすのさ。天下の風を起こすのさ。たった一人で吹かすのさ。生まれ変わるは……。

——誰かの言葉は少女ではなく、一人の男に向けられる。
風が吹くように、舞台は動いていく。
酒を飲む男、名を「夏侯惇元譲」。

夏侯惇　またお前か。

誰か　そうだよ。何度も何度も現れる。

夏侯惇　呼んではいねえよ。

誰か　いずれ呼ぶから来てるんだ。今はなくともいずれ呼ぶ。

夏侯惇　消えろ。

誰か　すぐに消えても現れる、あんたが私を欲しいから。

夏侯惇　……。

誰か　あんたが一番欲しいもの。心の底から欲しいもの。それがここにはあるからさ。

夏侯惇　消えろと言ったが。
誰か　そんな事私に言っていいのかい？　同じ言葉は禁句だよ。忘れるな。天の龍様は選んでる。あんたと誰かを選んでる、そんな事で失ってもいいのかい？　一番欲しいものを失っていいのかい？
夏侯惇　誰が何を選ぶって？
誰か　あんたが天下を獲る事さ‼

――雷鳴が鳴り響く。
その誰かの言葉を受けたように、張角が立ち上がる。

誰か　天下の才と引き換えに、あんたは業を背負うのさ。業を背負って生きるのさ。
夏侯惇　……。
誰か　それができなきゃあんたも終わり。天に呼ばれて死の世界だよ。

夏侯惇は大きく笑い、酒を飲む。

夏侯惇　こりゃあいいや。
誰か　そんな器は嫌いだねぇ。あんたの面も嫌いだよ。

――誰かは、手を酒にかざしている。

誰か　余裕の顔は嫌いだよ、酒を飲むのも嫌いだよ。だからそこに毒を盛った。

夏侯惇　こりゃあいい。

誰か　忘れるな！　同じ言葉は禁句だと言った!!　今すぐ飲ませてもいいんだよ。

夏侯惇　……。

誰か　それを飲んで死の国か？　それとも業を背負うのか？　あんたが旅すりゃ分かるのさ。

――夏侯惇は突然槍を振るが、誰かは笑いながら近づき、

誰か　殺せると思ってるのかい？　天の龍様の二番目の子を。

夏侯惇　ちょいと酒に酔ってるだけだよ。でなきゃ斬れないものはない。もう一度言っとく。消えろ。

誰か　同じ言葉は……！

――大きく酒を飲み干す夏侯惇。

誰か　あんた……。

夏侯惇　俺は惚れた女以外の騒ぎ声が許せんのでな。お前は趣味じゃねえよ。

誰かに向けて槍を振り下ろす夏侯惇——雷鳴。
——誰かの声が聞こえている。

誰か　天下の才と引き換えに、あんたは業を背負うのさ。業を背負って生きるのさ。

風が吹くように舞台が動いていく。
張角に光が映る——。

張角　私が背負う業とは……。

気付けば——後ろに男が立っている。
名を、「楽就(がくしゅう)」。

楽就　業とは何だ?
張角　……。
楽就　今、お前は誰かと話していた。業とは何だ?
張角　……。
楽就　その話に興味がある、教えてくれ。俺には心当たり……

張角　……。

楽就を殴りつける一人の男。
名を、「張曼成」。

張曼成　セイ‼　何をセイ！　お前はセイ！　勝手にセイ！　話しかけとんだコラ‼　セイ！
楽就　痛ぇなあ‼
張曼成　口答えセイ！　このセイ‼　するなセイ‼
張角　もういい。
張曼成　はい。こいつ注意しとくから。
張角　それよりこの男は？
張曼成　捕縛したんだが、我が党に入れておいた。あの、袁……何だったけ、えん……何だっけ……えん何とかの……
楽就　袁術様だ。
張曼成　そう！　それ！　その袁……え？　何だっけ……との……奴……えん……何だったけ
楽就　……
張曼成　袁術様！
セイ！　そうだ、つまりその袁何とかのとこの奴だったんだけどな。こう見えてこいつ滅茶苦茶強かったんでな。殺すには勿体ないだろ。

張角　そうか。
張曼成　うん、いい奴だよこいつ。腕も立つし、頭もいい。その袁……何だっけ……
楽就　それよりさっきの……
張角　私に簡単に口を利くな。この場所はそういう所だ。
張曼成　そうだよお前、誰に向かって口を利いてんだ。お前が話しかけていいような奴ではないんだよ。
楽就　知りたいと思うだけだ。腹に何かあるわけではない。
張曼成　生意気言うなよこの野郎。話せるわけはないだろ！　天の声が聞こえるんだよ。
張角　……。
張曼成　俺喋ってない。俺、喋ってないよ。
楽就　それは、本当か？

——誰かが現れる。

誰か　本当さ。なあ……。
張角　……。

——誰かの存在は、楽就と張曼成には見えていない。

張曼成　失礼な事を言うなアホタレ‼　じゃなきゃ、こんな場所にこの子が立ってられるか‼　天の龍様の子供の声が聞こえるんだよ‼

誰か　あんたにまだ決めたわけじゃないけどね。

張曼成・誰か　天下を獲れる‼

誰か　かどうかは……ね。

張角　黙って。

張曼成　え？　俺喋ってない、喋ってないよ。

楽就　そうか……。

楽就はひとしきり考えた後、

楽就　なら……あんたに付いてくのは問題ないわけだな。

張曼成　そらそうだよ！　だから敬語を使えってセイ‼

誰か　あんたがどこまで進めるか、天の龍様も見ているよ、もちろん業も背負ってもらう……できなきゃあんたも死の国だ。

張角　私は……

――誰かはもういない。

張角　時折聞こえるだけだ……そんなものに頼っていいない。
楽就　だが民を率いるには、それが必要不可欠だろ？
張角　……。
張曼成　そうなんだよ、お前頭いいな。
楽就　帝はいずれ、中華全土に檄を出すだろう。あんたが登り詰める前に……。
張角　私は負けない、背負うものがあるから……。

歩き出す張角。
黄色い旗が靡いている。
幾つもの、黄色い旗が舞台を包んでいく。
——その旗を狙う者が徐々に増えていく。

# ACT I　檄文(げきぶん)

暗闇の中、突然の叫び声。

劉備　公孫瓚(こうそんさん)殿――‼

飛び込んでくる声の主は、「劉備玄徳(りゅうびげんとく)」である。
場面は、幽州(ゆうしゅう)へと移り変わる。
公孫瓚配下のいる中、必死に叫んでいる劉備。
傍らには、「王門(おうもん)」がいる。

劉備　頼む‼　頼む頼む頼む――‼　俺と手を組んでくれ！　そうでねえと本当に大変な事になるんだ。だから手を組んでくれ。俺も討伐軍の仲間に入れてくれ。
王門　劉備殿。
劉備　あんたと俺はかつて盧植(ろしょく)先生んとこで学んだ仲だ‼　旧知の友だ！　竹馬の友だ‼　その

王門　友の一生の、たったひとつの願いだ、男に二言はねぇ。
劉備殿、あなたの素性は知らないが、殿は今不在である。今はお帰りいただきたい。

二人の男が入ってくる。名を「趙雲子龍（ちょううんしりゅう）」。
もう一人の男の名は「荀彧文若（じゅんいくぶんじゃく）」。

劉備　民草の為だ……‼　分かるか？　あの黄色い旗の反乱軍、元は民草なんだよ。分かるか？　そんなあいつらが国を憂いて立ち上がってるんだ。これがどういう事か分かるか？　一刻も早く助けてやらないと、剣を握った事もない、民草が死んでいくんだ。分かるか？　あいつらが、民草が草のようにそれこそ死んでいくんだ。これがどういう事か分かるか？　民草の幸せを俺達が握り潰すって事だ。分かるか？　俺は蓆（むしろ）を売って暮らしてた。これがどういう事か分かるか？　俺も民草の一人なんだよ。その俺がここまで言ってんだ。どういう事か分かるか？
荀彧　「分かるか？」押しが若干多いですね。
趙雲　ああ。
劉備　蓆を売りながら俺はあの黄色い旗の奴らの事を考えてた。分かるか？　お前、蓆って分かるか？
趙雲　それくらい分かるよ‼
劉備　なら分かるだろ？　俺を……

趙雲　駄目だ。帰れ。あんたみたいな輩、日に何人もここに来るぞ。討伐軍の末席に座っておこぼれを貰おうって奴がな。
劉備　俺はそんな器じゃねえよ。
趙雲　だとするならば、日を改めろ。
劉備　待てこら、おい、クソガキ。誰に向かって口を利いてんだこら、ちょっと面がいいからって調子に乗るなよ。俺見ろ、上がいるぞ上が。
荀彧　狂ってますね、この人。
劉備　俺にはな、張飛って言う化けもんみたいな弟がいんだ。八つ裂きにされてえか?
趙雲　やってみろ。
劉備　蛇矛って飛んでもねえ重さの矛持ってんだぞ、ミンチにされるぞ。
趙雲　やってみろ。
劉備　あいつは止めても聞かねえからな、俺の言葉じゃ止まらん。
趙雲　やってみろ。
劉備　本当にやるぞいいのか?
趙雲　やってみろ。
劉備　本当の本当にやるぞいいのか?
趙雲　やってみろ。
劉備　本当の本当の本当に……
趙雲　早くやれよ‼

剣を抜く趙雲。

劉備　え……え……

趙雲　どうした？　その張飛っての呼んで来い。

劉備　え……ねぇ……こいつ……

荀彧　公孫瓚配下、趙雲子龍。未だ、無名ですが比類なき武を持った豪勇です。

劉備　あんた、俺の部下にならねえか？

趙雲　……は？

劉備　本気で言ってる、天下獲らんか？

趙雲　ふざけた事を抜かすな。

劉備　俺んとこにいる張飛ってのは馬鹿だが本物だ。俺が出逢ったたった一人の器だ。

荀彧　ならいいじゃないですか？

劉備　天下ってのは一人じゃ獲れねえ。二人でもだ。だが三人いりゃ獲れる。

荀彧　というと？

劉備　俺が天下の太陽だ、一人はその為に日光となって戦場を駆け巡る。だがその時俺を誰が守る？　天下にはな、俺の道を行く光と、俺の家を照らす月が必要なんだよ。どうだ、その三人目にお前、なってみないか？

趙雲　……。

荀彧　こりゃ、大胆な誘い方ですね。どうします？

趙雲　冗談も休み休み言え。

劉備　俺は本気だ。

趙雲　出て行け、幽州で二度とその言葉を吐くな。

劉備　民草の為だ‼　民草から天下を獲ったら、国はおもしれえだろ。これは本気だぞ。俺も男だ、下らねえ芝居はしねえさ。

趙雲　……。

荀彧が笑っている。

――飛び込んでくる男。名を「張飛益徳（ちょうひえきとく）」。

張飛　兄ぃ‼　何してんだ‼　あんたの土下座なんざ見たくねえよ‼

劉備　あ……

張飛　ええと……見たくねえよ‼

メモを片手に必死に演技をしている張飛。

張飛　ええと、顔をあげてくれ。土下座やめてくれぃ‼

荀彧　土下座してないですけど……

劉備　ごめん、これちょっと打ち合わせしてて……張飛、張飛……
張飛　あんたが民草の為にここまでするなら、俺にもカンガルーがある。
劉備　ん？　何それ？
張飛　え、ここ……俺にもカンガルー……
趙雲　たぶん考えがある、だ。
荀彧　むしろ見たいですけどね、彼のカンガルー。
張飛　なにとぞ‼　なにとぞ‼

最大の土下座をする張飛。

劉備　うん……あのね。
趙雲　滅茶苦茶猿芝居してんじゃねえか。
劉備　ごめぴ。張飛、もういいから。
張飛　なにとぞ‼　なにとぞ‼
趙雲　早く辞めさせろよ‼
声　その必要はねえよ。

共にいた家臣の中から一人の男が立ち上がる。
名を「公孫瓚伯圭（こうそんさんはくけい）」。

王門　公孫瓚様‼
趙雲　殿……‼
劉備　公孫瓚‼
公孫瓚　例え猿芝居でも、こいつが本気でやってんだ。だったらとことん付き合う。それが主君ってもんだろうが。
劉備　お前。
公孫瓚　やれ劉備、久しぶりの再会だ。歓迎はお前の芝居に付き合った後にするぞ。やれ……。
劉備　……。

劉備は張飛の傍らに土下座し、必死に頭を下げる。

劉備　公孫瓚殿――‼
張飛　なにとぞ‼
劉備　俺も討伐軍に入れてくれ、頼む――‼

劉備と張飛の必死の願い。

公孫瓚　駄目だ帰れ。

趙雲　じゃあ何でやらせた‼　何でやらせたんですか？
公孫瓚　趙雲、ボケたかったからだ。
趙雲　うるせえよ！　殿、そもそもあんたずっとそこで何をしてたんですか？
公孫瓚　美味しい出所をずっと探してた。ずっとだ。
荀彧　皆……知ってたの？
配下　はっ！　公孫瓚様‼
公孫瓚　良き……仕事であった。
趙雲　いいから、話を進めてください‼
張飛　そうだよ、おっさん。俺らもあんたらと共に都に上りたい。討伐軍に加えてくれ。
公孫瓚　いいぞ。男に二言はねえ。
張飛　本当か⁉
趙雲　しかし彼らが入るのは、我が軍ではありません。
荀彧　そのような事をすれば、他の討伐軍から反感を買います。
公孫瓚　劉備、駄目だ。帰れ。
劉備　ええ……‼
張飛　どっちなんだよ‼　あんた男に二言はないって言ったじゃないか！
公孫瓚　俺は二言はないが、三言四言はある。サンゴンヨンゴンチャンドンゴン。趙雲……ボ……
趙雲　うるせえよ‼
公孫瓚　劉備。

趙雲、荀彧を含む全員が公孫瓚の元に集まっている。

公孫瓚　お前を仲間に入れるってのは心情的にはやってやりたいが、問題もある。
劉備　なんだよ？
公孫瓚　俺は馬鹿じゃねえ、てめぇの軍がどれほどの位置にあるかくらいは分かってるつもりだ。ここで旗を挙げようと、天下の趨勢に勢いをもたらすほどの軍にはなりっこねえ。
荀彧　確かに、その通りだと思います。
公孫瓚　そこでだ、俺は袁術に目を向けた。
劉備　袁術って‼　あの袁家の名門か‼
張飛　兄ぃ、知ってんのか？

そこに配下を従えた男が入ってくる。名を「袁術公路（えんじゅつこうろ）」。

趙雲　（気付いて）袁術様！
劉備　（気付かず）とんでもねえ金持ちだよ、軍隊も死ぬほど持ってやがる。
公孫瓚　そうだ。そしてとんでもねえ、糞野郎だ。俺は大っ嫌いだ。
劉備　俺も大っ嫌い。
公孫瓚　だが……ひとつ方法はある。よく聞け。

荀彧　同盟……ですね。
公孫瓚　その通りだ。
袁術　いつまで待たせるつもりだ‼　余を愚弄するか‼
全員　……。
公孫瓚　ちょっと待ってて。あいつね。
劉備　じゃあ媚びて媚びて馬鹿を演じて泣き落として褒めて構ってちゃんの対応、これで行くって事でいいよな。
公孫瓚　オッケ。媚び媚び馬鹿泣き褒めカマだな。
張飛　え？　え？　媚び媚び泣き馬鹿泣き馬鹿え……
劉備　違う違う媚び褒め媚び泣き……あれ、違うな……
公孫瓚　あれだろ？　媚びり媚びおり馬鹿はべり泣きに泣き濡れ鎌倉の夜……あれ……
袁術　だから！　いつまで待たせんだ！
公孫瓚　行くぞ‼
公孫瓚・劉備　袁術殿‼　民草の為だ‼
袁術　駄目だ。
公孫瓚・劉備　何で？
袁術　話をしよう。同盟をしたいのは分かった。だが駄目だ、お前が同盟する事でメリットがあるかも知れないが俺にはメリットが何もない、それじゃしないのは当たり前だろ。
劉備　メリットって、シャンプーの事ですか？

袁術　もう会話しないな、だから。一人で話す。メリットをお前がもたらせてくれたら、初めて交渉に応じれらるというわけだ。はい、集合。頭が高いよ、もっと低くして。反乱が起きてる、ここまで分かるよな。時を待たずして、帝(みかど)から全国に招集がかかるだろう、で、行く。勿論俺も。小さい国だけどお前も。それなりの猛者が全国から集まるわ、いいよな。でもな、家は名門だし、金もあるから、それなりの猛者が集まったところで目立つんだよ。分かるだろ、兵の数も一、二を争うんだ。皆が気を遣う、俺に、ま、でも相手にはしないけどな、メリットねえし。腹の底分かるから。俺は気にしないけど、気になる事はあるんだ。ま、大した事じゃねえけどな。

荀彧　よく喋りますね。

趙雲　ああ。

袁術　それ何か分かるか？　いや。聞いてねえよ。正解言う。俺ほどの権力と金はねえけど、強い奴等だ。ま、勢いがあるって奴らだ。世間に言わせると、本当の力を持ってると言われてる奴ら、本田圭佑みたいな奴だよ。ま、そんなもん時代に流されて消えるけどな、結局最後は金だから。で、それが二つある。一つは、長沙(ちょうさ)の孫堅(そんけん)だ。で、もう一つは……

公孫瓚　僕ですか？

袁術　もうそれでいい。近頃騎都尉(きとい)になった曹操(そうそう)だ。

劉備　きといってなんですか？

袁術　知らなくていい。でな、力がある奴って人を惹きつけるだろ、それが気に食わんのよ。貧しいとこから苦労して……みたいな奴、応援すんじゃん人。馬鹿だから。

荀彧　よく喋りますね。
趙雲　ああ。
袁術　だから、これより大きくなられると困るんだよね、普通に。こっから本題、だから討伐に向けて反乱を治めながらそいつら闇討ちしちゃって欲しいわけよ。殺して欲しいの。そしたら同盟組んでやる、それにいい具合にこれ以後も保護してやるよ。分かる？　これが俺のメリット。答え待つの嫌だから、今決めてくれ。互いのメリットが見えたところで、交渉成立だ。
張飛　おい‼
劉備　やめとけ張飛‼
袁術　なんだ雑兵？　言いたい事があるなら一言許すぞ。
張飛　メリットってシャンプーの事ですか？
袁術　ねえ、二回言うほどのボケか？　答えてくれよ公孫瓚、早く物語を進めような。俺も暇じゃない。

——突然、兵士が飛び込んでくる。

兵士　——申し上げます‼　長沙の孫堅が檄文を前にして単独で出陣‼　黄巾（こうきん）の撲滅に動き出しました‼　全国が反応しております‼
劉備　ええ⁉

袁術　こういう奴らだから困るんだ全く‼　急ぎ兵を出せ‼
兵士　ハッ‼
劉備　張飛‼
張飛　あいよ‼
劉備　公孫瓚、ひとまず俺らは下見してくるとするわ。
公孫瓚　趙雲‼
趙雲　ハッ‼
公孫瓚　馬をもてぃ。昔なじみの旧友に先を越されては「白馬長史（はくばちょうし）」の名が泣く。
趙雲　分かりました。
張飛　馬っての格好いいな、俺らも欲しいな兄ぃ！
劉備　全ては戦に勝ってからよ。
袁術　まだ答えを聞いてねぇぞ。
公孫瓚　俺は昔から迷い癖があるんでな、その前に行ってくるとしよう。出陣！
公孫瓚軍　ハーーーーッ‼

劉備軍と公孫瓚軍が動き出していく。

袁術　使えんゴミ共だな全く。
荀彧　いや、そうとも限らないかもしれません。

袁術　殺されたいか？
荀彧　いえいえ、私は一介の浪人文官ですので殺す価値がありません。

——荀彧の背後に、剣が忍び寄る。
男の名は、「張遼文遠（ちょうりょうぶんえん）」。

袁術　無価値かどうかは私が決める事だ。
張遼　早く行った方がいいぞ。この人、クズだから。
荀彧　申し訳……ありません。

逃げるように荀彧がその場を離れていく。

袁術　勝手に決めるなよ。それに誰がクズだ。
張遼　あ、これ私の感想でした。
袁術　追いかけてお前が殺して来い。
張遼　さっきの男ですか？　そんな価値は本当にないと思いますが。
袁術　アホタレ。孫堅や曹操達に決まってるだろ、お前が本命だ。
張遼　さっきの話は？
袁術　あいつらは攪乱（かくらん）程度しかできないに決まってる。そのくらい、孫堅達は本物だよ。

張遼　あんまり好きじゃないんですけどね、そういうの。
袁術　何進将軍にどれだけの金を積んだと思ってる？　お前の扱い分は払ってんだ、しっかり仕事して来い。
張遼　ま、頑張ってみます。
袁術　お前も金が欲しいんだろ？
張遼　いえ、それよりも大事なものを探してますよ、ま、嘘ですけどね。

——張遼が走り出していく。

★

「孫堅文台」が一網打尽に黄巾党を斬り刻んでいる。

孫堅　民草の割にはなかなか魂を持ってるな、周瑜。

周瑜が敵を斬っていく女。名を「周瑜公瑾」

孫堅　勿体ないぞ、この兵達は。
周瑜　孫堅様、ならば本丸まで急ぎましょう。無駄な戦いは……
孫堅　その通り。だがその為に強さを見せておけ。

孫堅が敵を斬り刻んでいく。

周瑜　魯粛。

男が現れる。名を、「魯粛子敬」

魯粛　はい。
周瑜　孫策は？
魯粛　未だ行方が掴めておりません。
周瑜　あいつは全く……これ以上は付いてくるな魯粛。
魯粛　しかし……
周瑜　ここは、私と殿の二人が任されたものだ。

敵を斬っていく周瑜と魯粛。

★

――夏侯惇が敵を斬り刻んでいる。

夏侯惇　あーあっと。

——誰も夏侯惇に敵わず、逃げ出そうとする。

夏侯惇　おい逃げるな、逃げるな。やっと出てきたんだぞ。大丈夫、自己紹介させたいんだ。もうちょい付き合えや、大丈夫。俺ほどじゃねえよ。

——飛び込んでくる若武者。名を、「馬超孟起（ばちょうもうき）」。敵を斬り刻んでいく。

夏侯惇　いいだろ、馬超ってんだ。
馬超　大将軍、戦ってのはすげえな。
夏侯惇　こんなもん序の口だ。
馬超　俺、学ぶ事がたくさんあるわ。
夏侯惇　これより起こる全てを学んでおけ。後の為にな。
馬超　大将軍、俺はあんたに憧れた、完全にだ。全部学ぶ！
夏侯惇　なら大将軍はいずれに取っておけ、いずれなる名前だ。
馬超　もう死んでも言わない。

——二人は敵を斬り刻んでいく。

夏侯惇　お前より強いと思った奴に付け、それが近道だ。
馬超　死んでも付くわ。
夏侯惇　それが孟徳(もうとく)の為になる、天下だぞ。
馬超　死んでも為になる。
夏侯惇　「死んでも」を使うな。
馬超　死んでも使わない。
夏侯惇　お前は吸収が早い。全てに興味を持て。
馬超　死ん――……持つわ。
夏侯惇　ちょっくら用がある。ここを任せても構わんか。
馬超　死ん――……構わんわ。
夏侯惇　頼むぞ。
馬超　死ん――頼まれた。
夏侯惇　「死んでも」使っていい。
馬超　死んでも使うわ!!
夏侯惇　典韋(てんい)!!

――一人の女武将「典韋(てんい)」が飛び込んでくる。

夏侯惇　お前らでここをやっとけ。本陣に行ってくる。

典韋　……いいよ。

夏侯惇がその場を離れていく。
馬超と典韋が敵を斬り刻んでいく。

★

張角が戦っている。
倒れている兵士を助け、

張角　私がやるから、村まで逃げて。

——剣を手にし、戦う張角。

張角　あんた、名前は？

青年　名前なんてないよ！　六人兄弟の五番目だ。

張角　なら帰ったら名前を付けてあげる。だからここは、生き延びなさいね。

青年　……。

兵士達に笑いかける張角。

張角が戦っている場所に参戦する楽就。

楽就　東から軍勢が向かってる。ここを離れないと呑み込まれるぞ。
張角　私は退かない。
楽就　あんたこの黄色い旗の頭なんだろ、ならあんたが討たれりゃ、終わりだぞ。
張角　馬鹿にするな。
楽就　相手の軍は必ず北を目指す。南を使って退却するぞ。
張角　何故分かる？

張曼成が飛び込んでくる。

張曼成　おいおい‼　かてえ‼　かてえなぁ‼　兵の陣形が堅いぞ、なんだこの軍は。
楽就　孫堅の軍だ。今ん所、最も厄介な敵だぞ。
張角　答えろ⁉　何故分かるんだ。
楽就　袁術様が最も嫌ってるんでな、戦場で交えた事もある。すげえ軍団だ。
張曼成　その孫……えっと何だったっけ、孫えっと……孫……

――討伐軍増援部隊が飛び込んでくる。

楽就　南へ退却するぞ、いいな。
張角　駄目だ。
楽就　何故？
張角　今ここを離れれば、たくさんの人間を失う。
楽就　……だったらここは俺が受け持ってやる！　だから早く連れてけ。
張角　そんな事言って逃げるつもりだろ？
楽就　もうここで袁術軍も斬ってる。俺はあんたに付くと言ったんだ。少しは信用しろ！
張角　……。

――張曼成が楽就を殴りつける。

楽就　だから何すんだよ‼
張曼成　バカタレ‼　お前はこいつの護衛だ。さっさと行け！
楽就　なんで？
張曼成　信用しろって言ったろうが！　信用させてみろ。それと、敬語を使えアホたれセイ！
張角　私は一人で行ける。
張曼成　配下を信用しない奴があるかお前もアホたれ‼　さっさと行け。怒るぞ。俺はな、ずっとこの日を待ち続けてきたんだぞ、中華一の腕ってやつを存分に見せてやる。
楽就　俺に頭の護衛なんてやらせていいのか？

張曼成　ひねくれてるが、お前いい奴だからな。それにあれだ、覚えとけ。俺は負けんぞ、その孫

……何だっけ……袁……何だっけ……

楽就　あんたが覚えとけ！　行くぞ‼

楽就と張角はその場を斬り抜けていく。

張曼成　覚えんでいい！　そんなもん‼「あいつら」でいい‼

敵を一網打尽にしていく張曼成。

★

趙雲、張飛が黄巾党を蹴散らしていく。

張飛　おお、あんたつええじゃねえか‼　こりゃびっくりしたわ！

喜んでいる張飛、趙雲もまた張飛の力に驚いている。

趙雲　……お前、どこでその腕をつけた。

張飛　ええと、生まれた時に、お母さんが腕と足をつけてくれたんだ。

趙雲　そういう話じゃなくて、どこでその腕を身につけたって事だ！

張飛　俺は独学よ‼　村の出だからな！　兄ぃと天下を目指す三人目を探してんだ‼
趙雲　ずっと二人なのか？
張飛　おお、でもあんたがなってくれんだろ？
趙雲　馬鹿を言うな。

趙雲と張飛が戦っている。
その戦況を見ている劉備と公孫瓚。

劉備　おお、こりゃ爽快だねぇ。
公孫瓚　お前剣の腕はからきしだったな。変わったか？
劉備　いいやちっとも。本当の大物はな、戦わねえのよ。
公孫瓚　流石の小物だ。
趙雲　公孫瓚様、取り急ぎ、洛陽(らくよう)まで赴いて下さい。
劉備　ええ？
趙雲　ここは私が必ず。帝の檄文に遅れたとなれば、心証を悪くしかねます。
公孫瓚　だから先手を打って、ここまで来てんだろ。
趙雲　そうだとしても、孫堅に遅れを取っているのは明らか。であれば、両方に対応できねばそれこそ命取りです。我が軍は、二つを手に入れる道を。行って参ります‼

趙雲が飛び出していく。

劉備　あいつ強いだけじゃなく頭も切れんのか？
張飛　頭も切れんの？
公孫瓚　あいつは天の才だ。天下に選ばれてるぞ。
劉備　いいなぁ。
公孫瓚　欲しいんだろ？　劉備。
劉備　ああ‼　ダメか？
公孫瓚　てめぇに天下を獲る器がありゃ自ずとそうなる。あるか器？
劉備　あるさ。
公孫瓚　変わらねえな。よし、戻るぞ。
劉備　でも、洛陽まで結構あるぞ。
公孫瓚　俺の馬に乗りゃあっという間よ。それが俺の国、幽州だ。
劉備　いいなぁ、馬欲しいなぁ。

公孫瓚がその場を離れていく。

劉備　何してんだ？
張飛　俺も頭で斬れるかな⁇

劉備　いいなぁ、馬欲しいなぁ。

★

劉備は公孫瓚を追いかけ、張飛は趙雲を追っていく。
――場面は、洛陽へと移り変わっていく。
その場所に居並ぶ諸侯達。袁術、「曹仁子孝」を始めとする面々。
中央には、一人の女武将が座っている。名を、「華雄」。
宮廷の奥に鎮座している少年がいる。名を、「劉協伯和」。
――その傍らには、「甘」という名の女中がいる。

劉協　ご苦労である。
武将達　はっ。
劉協　して、朕に何の用だ。私はお前達を良く知らんし、ここに呼ばれる意味も分かっていない。
袁術　はいどうもすみませんです。えーこの度、何進大将軍、あ。いえ、言い過ぎですね。何進将軍が反乱軍討伐の激を飛ばしていただいた事により、えーここに、馳せ参じた次第でございます。
劉協　あの男は？
甘　荊州の袁術様でございます。

劉協　おべっか使いという事でいいのか？
甘　それは……
袁術　劉協様、後の帝と言った方がよろしいですかね？　えーまず本題に入る前に、そこにいる糞身分の低いあばずれを席から外していただきたい。
甘　申し訳……
劉協　この者は甘と言ってな、私が今一番大事にしているものだ。身分を語るならば、私の傍に置くもの、それでいい。それ以上口を挟むな。

華雄がクスリと笑う。

劉協　何がおかしい？
華雄　いいえ。
袁術　あ、そうですか？　じゃ私がこのバカチンがって事でよろしい、ええよろしいですね。
劉協　あの者は？
甘　董卓（とうたく）配下・華雄様でございます。
劉協　何故それなら董卓は来ない？
華雄　賊軍・黄巾党を調べておいでです。
劉協　だが檄文ならば、馳せ参じるのが至上の命だ。朕を下に見るか？
華雄　……。

袁術　流石に董卓様くらいになられると、劉協様への謁見も自らお出にはならないと、そういう事でございますね。次代を担う人ってのは大したもんですなこりゃ。
華雄　……。

——そこに、飛び込んでくる公孫瓚と劉備。

公孫瓚　ほら間に合ったろ、洛陽まで四分十二秒だ。
劉備　世界観滅茶苦茶だね。
袁術　遅いぞバカタレが。結局戻ってきやがって。
劉協　よい、続けろ。

——互いに空気の張った時間が流れている。

甘　左からシシュン将軍、公孫瓚様、リモウ様、リシュク様でございます。そして、えっと……
劉備　あー涿郡涿県出身の劉備玄徳です。今は草鞋売りやっちょりますが、実は漢の高祖の末裔です。
全員　……。
劉備　反乱軍討伐を機に、馳せ参じた次第……

袁術　……よろしいですね。

瞬間、諸侯達が劉備に刃を向ける。
咄嗟に公孫瓚が劉備の頭を押さえつけ、

公孫瓚　死にてぇのか！

甘が空気を読み、話題を変える。

甘　……申し訳ありません。劉協様……私も勉強不足、この方も存じ上げておりませんでした。
劉協　もうよい、続けろ。
曹仁　えー曹操、あ、もとい、騎都尉・曹操もと、もとい、孟徳が代理、曹仁子孝でございます。えーこの度、我が騎都尉、もとい、我が主君曹操もといとく、もとい、孟徳が病に伏せっているため、ここは代理としてハゼ、ハゼ、馳せ参じた次第で……
袁術　ったくどいつもこいつも。たかだか騎都尉の分際でもうこれか？
曹仁　いえ……ですから……
劉協　よい。
袁術　お前んとこの大将に伝えろよ、袁家はいつでもお前らを潰せるって事をな……調子に乗ってると……

劉協　もうよい。
袁術　よくはありませんよ、こっちは出てるんですからわざわざ大将が……一つ二つ身分の低い家柄がこうでは示しがつきません。
劉協　もうよいのだ。
袁術　よくはねえんだよ‼
劉協　……。
甘　……無礼な。帝のご子息であられますよ……。
華雄　もういいだろう、この程度の礼儀であれば。
劉協　頭が高いぞ。
華雄　誰がだクソガキ。幾つか話してやるから覚えておけ、まず帝は、てめぇの親父は、直（じき）に死ぬ。そんな事ここにいる人間全員分かってんだ。
甘　だ……黙りなさい‼
華雄　黙るかアバズレ、次にその口を利いたらその場で首ちょん切ってやるぞ、黙ってろ。
袁術　それは、はい。私が！
華雄　でだ、死ぬ帝の代わりに誰が次の帝位を取るか、お前の兄貴か、お前かしかない。それは分かるよな、クソガキでも。どっちについてもいいんだけどよ、てめぇの馬鹿兄貴は何進っていうアホ将軍が既に手中に収めてる。だからお前しかとりあえずいねえって事だ、とりあえずはな。
甘　誰……か……

劉協　声を発するな。誰かこの者を取り押さえろ。

兵士達が飛び込んでくるが、劉協に剣を向ける。

甘　……そんな……
華雄　誰もできんでしょう……董卓様に喧嘩を売るって事だぞ……この私にも……
劉備　おい……
公孫瓚　……黙ってろ。
華雄　怖いかガキ？　一つ一つ教えてやる。てめぇに頭を下げるのはてめぇが帝になってからだ、それ以前に下げる事はねえよ下に見てんだから。何が身分を語るならば私の傍に置くもの、だ。
劉協　それは……
華雄　ちん毛も生えてねえガキが粋がるな。殺すぞ。
全員　……ちんげ。
華雄　それとな、董卓様とここの小僧を一緒にするな、これも殺す。例え帝になったとしてもな……。
全員　……ちん毛。
華雄　黙ってろ、そうだよ「ちん毛」っつったよ！　分かったな、クソガキ。
甘　失礼な……‼　生えています‼　私、見ました‼

全員　……。
甘　はっ‼　ごめんなさい、私……声を発するなって言われたのに……‼
劉備　いやそっちの問題じゃなくてね……
袁術　このバカチン毛！
劉備　うるせえよ！
華雄　ああそれと——‼

——華雄が劉備を殴りつける。

劉備　……‼
華雄　お前、漢の高祖の末裔だとか言ったな……駄目だな……こりゃ……

何度も殴りつける華雄。

劉協　もうよい。
袁術　駄目でしょう。余計な種が出て来たとあっちゃ。今や後継者争いの真っ只中ですよ。デマでも駄目、殺しましょうね。

止める公孫瓚。

公孫瓚　それくらいにしとけ。
華雄　死にてえのか弱小君主。
公孫瓚　……反乱軍には、孫堅が既に先陣を切ってる。
袁術　おい。
公孫瓚　今日の目的がそれなんだ。ならば共有しておくのが筋だろう。大将の名は、張角。
華雄　……ですってよ将来の帝様。あんたの兄貴にもいずれ言いますが、その反乱を鎮めたものがこの宮廷の実権を握る。今日話したかったのはこの事だ。
劉協　わ……私の一存で……決め……
華雄　耳に入ればそれでいい。是非はこっちで決める事だ。

華雄がその場を後にしていく。

袁術　お前、やっぱ使えねえな。考え直すわ、やっぱあの話。んじゃ、劉協様。あんたが大将。

袁術もその場を離れていく。

劉備　……すまねぇ。
公孫瓚　礼ならあの子に言え。さっき話題を変えてくれなかったら、言った瞬間に殺されてたぞ。

劉備　……劉協様……失礼した。あんた……名は？
甘　この場で名乗るほどでは……
劉備　あんたに借りができちまった。後、俺……あんた見て思った事もあんだ。いつか、もう一度聞いて答えるよ。二つだぜ。じゃあな……!!

劉備が去っていく。

公孫瓚　乞食が格好付けるとこんな感じになります。
甘　あ、はい……。

公孫瓚が去っていく。

劉協　……曹仁。お前も、もうよいぞ。

曹仁は力強く頭を下げる。

曹仁　何もできず、申し訳ありませんでした!!

その場を去っていく曹仁。

甘が頭を下げる。

甘　私も、申し訳ございません。

劉協　……子供なりに頑張ってみたが、やはり無理だな。

甘　いえ……。

劉協　意味がある気がする。これも、お前を傍に置かれた事も。そうではないか、曹操……？

一人の男が入ってくる。

名を、「曹操孟徳（そうそうもうとく）」。

曹操と共に、歩き出す劉協と甘。

★

周瑜が敵を斬り刻んでいく。

孫堅がそれを見つめ、

孫堅　欲しいなぁこいつら。周瑜、鍛えりゃ相当なもんになるぞ。

周瑜　余分な兵はいりません。

孫堅　何故だ？

周瑜　いれば戦を好む国になります。いずれ創る国は戦乱のない国がいいかと。

孫堅　大した事言うじゃねえか。

周瑜　申し訳ありません。
孫堅　俺はこれ以後どう攻めると思う？
周瑜　北へそのまま直進すると。それが近道です。
孫堅　ならばお前は？
周瑜　あなたが先陣ならば、私は南へ向かいたいと思っています。更なる近道を。
孫堅　周瑜、お前こそが国を獲れ。俺はそう思ってるぞ。
周瑜　いえ……。
孫堅　親馬鹿にはなりたくねえからな。
周瑜　決してそうはなりませんよ。
孫堅　お前がいるからな。

——敵を蹴散らす中——夏侯惇が現れる。

夏侯惇　何だあんたら……。
孫堅　おいおい……!!
周瑜　孫堅様、ここは……!!

周瑜が咄嗟に構える。

孫堅　知らねえ顔だが、周瑜。こいつ、とんでもねぇ化け物だぞ。

夏侯惇　どいてろ女、お前は覚えるほどじゃねえよ。だが、このおっさんは別だ。

孫堅　若造の戦を見物しに来たが、こんな日が来るとはな。

夏侯惇　俺もあんたみたいなのは、初めてだ。

孫堅　南へ行け周瑜。

周瑜　ですが！

孫堅　いた所で役には立たねえよ。なあに、久しぶりに本気出すだけだ。行け周瑜、これは命令だぞ。

周瑜　……必ず、戻ります‼

周瑜がその場を走っていく。

――夏侯惇ＶＳ孫堅。

砂塵が舞っていく。

★

典韋と、馬超が敵を斬り刻んでいく。

馬超が遠くの戦乱を見つめ――。

馬超　あれ……‼　なんだあれ‼　大将軍の土埃じゃねぇ……‼

典韋　……。
馬超　典韋、ここ任せていいか⁉　死んでも見に行きてえわ‼
典韋　……。
馬超　え？　まさか駄……
典韋　いいよ。
馬超　おっし……ありがとう‼

馬超はその場を離れていく。
典韋が敵を斬り刻んでいく――。
飛び込んでくる張遼。

張遼　何だ、あれ！　とんでもねえのがぶつかってんのか？　群雄割拠ねぇ、うちの奴は何処まで行けますかねぇ。

――敵を斬り刻む張遼。

張遼　後は勿論、俺自身もね……。

いきなり典韋が飛び込んでくる。

張遼　!?……。
典章　あんた……いいよ。

典章がそのままいなくなっていく。

張遼　……ありがとう。

その場を離れていく張遼。

★

張飛　あれえ……あいつ、いねぇなあ……。道に迷っちったかなぁ、これ……。

頭に刀を括り付け、槍と併用する張飛。

張飛　頭も切れるようになったし、後は馬だな。

飛び込んでくる馬超。

馬超　あんただな‼　土煙の正体は⁉
張飛　誰だお前⁉
馬超　それ何だ⁉
張飛　これか？　八つ墓村って必殺技だ。
馬超　え？　何それ何それ？　すげえな‼　すげえな‼
張飛　ちょっと来いや。教えてやるから‼

馬超が来た途端――斬りつける張飛。

張飛　いぇーひっかかった――‼
馬超　すげええ‼　きたねえ‼
張飛　戦いってのは頭も使うんだ。

馬超ＶＳ張飛。
張飛が押している。

張飛　まだまだだな。
馬超　ちょっと待ってくれ、あんたのやつ参考にする。

戦う二人——馬超が反応し始める。

張飛　坊主……!?　おめえ、強くなるぞ絶対。絶対強くなる!!
馬超　発展途上なんだ、全部吸収する。死んでもだ。
張飛　おめえ、豪傑だな。俺は張飛だ。お前は？
馬超　俺の名は——!!

戦いながら二人はその場を離れていく。

★

楽就と張角が斬り抜けていく。

楽就　思ったよりも敵が早いな、あんた急げるか？
張角　当たり前だ。それより……
楽就　なんだ……？
張角　お前、敵を斬ってないな……すんでの所で、叩くだけだ。
楽就　……。
張角　理由を言え。
楽就　殺さなきゃ殺さないでいいだろうが。偶然だ。
張角　……。

楽就　少しは信用したか？

——突然、「誰か」が現れる。

誰か　できるわけがないんだよねぇ、あんたは。
張角　お前……。
楽就　どうした？
張角　いや……。
誰か　忘れたわけじゃないよねぇ、私は選んでるんだ。どっちだっていいんだよ、あんたか、あんたじゃないかはどっちでもいい。
張角　……。
誰か　でもあんたはいいのかい？　選ばれなくていいのかい？
張角　駄目だ!!
誰か　蒼天既に死す!!　それはあんたの言葉かい？　私の言葉かい？
張角　私を選べ……!!　選べ!!
楽就　お前……!?
誰か　選べばあんたは救世主。あんたの想いが実を結ぶ。だから——

雷鳴が鳴り響く。

誰か　業を忘れるな。

——誰かは既にいない。

張角に襲いかかる兵士をとっさに倒す楽就。

兵士　そんな……そん……

楽就　……

二人の前に、周瑜が立っている。

周瑜　……お前……!?

楽就　……!!

周瑜　貴様……!!

楽就に斬りかかる周瑜。

張角　こいつは……!!

楽就　とりあえず逃げろ、ここは俺がやる。

張角　馬鹿を言うな。

楽就　孫堅配下・周瑜公謹……いずれ、軍師になる奴だ。こいつだけは、叩きじゃ無理だな、殺さんと。

周瑜　……そういう事か。

楽就　勿論逃げられりゃ逃げるから‼　早く行ってくれ‼

張角　……。

楽就　あんたは選ばれなきゃいけないんだろ？

　　張角はその場を離れていく。
　　襲いかかる周瑜。

楽就　やっぱりつええな‼

周瑜　命惜しさに黄巾に寝返ったか⁉

楽就　才ある覇王、大海を知らずって事だ。

周瑜　目的を答えろ⁉

楽就　黄巾が選ばれてるんだとさ‼

周瑜　意味が分からん‼

　　周瑜の剣を止める剣——。

張遼である。

張遼　わりいなぁ。こいつ、うちの軍の奴なんだわ。
周瑜　……。
張遼　どこの誰か知らんけど……貰ってくぞ。あんたの命も。

襲いかかる張遼。
張遼の剣を受け止める楽就。

楽就　この女、孫堅軍のものだ。
張遼　だからどうした？
楽就　我らは共に反乱軍討伐の為、この地に赴いてる。無駄に戦う必要はない。
張遼　お前らはやりあっていたろ？
楽就　黄巾党の頭はあの女だ。

——楽就は、あえて周瑜に分かるようにそれを告げる。

周瑜　……。
張遼　ああ？

楽就　奴らに捕縛され、この形しか選べなかった。頭の護衛を任された。この女はそこで遭遇した。
周瑜　私の勘違いだと言いたいか？
楽就　俺は袁術様の元、この討伐軍に馳せ参じた。こうなる事を望んでいたわけではない。
張遼　だとしても、その頭を殺せる機会はいつでもあったろ？
楽就　いや、まだない。だが俺なら作れると思った。できるなら、このままの形で行かせて貰いたい。
張遼　そんなわけにいくかバカタレ。お前一回連れて帰るぞ。
楽就　何故……
張遼　俺は人を一切信用しない質でな、そのまま天下転がすのが俺の信条だ。袁術様も好きな輩じゃねえが、金の分だけは仕事しなきゃなんねえんだよ。それと……
楽就　!?……。

——張遼がもう一度周瑜に襲い掛かる。
飛び込んできてそれを受け止める魯粛。

魯粛　……。
張遼　長沙の孫堅軍にゃ隙もねえってか。こりゃ、俺達ガチったら勝てんのか？　なぁ。
周瑜　お前が望むならいつでも相手をするぞ。

張遼　さっきもこいつが言ったろ。名目上は仲間なんだから、おい、行くぞ。
楽就　……。
張遼　何だよ？
楽就　……天下を口にするほどの器なら、笑って人を斬るな。
張遼　ああ？
楽就　俺は……本気だぞ。
張遼　はいすいませんでした、と。
楽就　少なくとも黄巾は一筋縄ではいかない。あの頭、きちんと「業」を背負っているからな。
周瑜　……。
張遼　……。

楽就と張遼がその場を離れていく。

魯粛　周瑜様……。
周瑜　いい。語るな……。このまま南へ進軍する。
魯粛　しかし……。
周瑜　業の話は、放っておけん……。

その場を去っていく周瑜。

★劉協、甘が走ってくる、
後に付く曹操。

劉協　すごいなぁ甘。朕は、こんなに遠出をした事はない。
甘　あなたにもしもがあってはいけませんから。
劉協　……これが岩（いわ）というものか……これも見るのは初めてだぞ。
甘　……何故私をあの方の傍に？
曹操　さっきも言ったが。あの子には学ばせたい事がある。
甘　私はあの方の傍に付くような女でありません。
曹操　ならばその場所を創れ。人間は居場所で人生が変わる。
甘　私は望んではおりません。
曹操　高貴な場所で裕福に人生を終えるか……それとも元の卑しい身分で人生を終えるか……正解を知っているのはあんただ。
甘　……少なくとも、あなたに決められたくはないわ。
曹操　それを言えるだけ、あんたには光がありますよ。
劉協　この岩は持てるかな？　持てれば持って帰ってもいいな。
曹操　欲しいならばその方法を。劉協様、あなたは聡明だ。いずれ皇帝になる資質を持っている。
劉協　父上よりか？

曹操　ええそうだ。そして聡明であるならば、物事の嘘と真実を見極めなさい。
劉協　分かった。ならば知りたい事がある。私の父上は愚帝か？
曹操　ええ、頭の悪い愚かな男です。いずれ全てを乗っ取られるでしょう。
劉協　……兄上は？
曹操　その父の血統を色濃く継いだ、何もできない馬鹿息子でしょうね。
劉協　甘……身内を悪く言われるのは、傷つくな。
甘　……はい。
曹操　それが真実であれば、致し方ありません。
劉協　それをはっきりと言えるお前は友だ。私は全てを知りたい、教えろ。
曹操　ならば欲するものを口に。そして手に入れる方法を考えなさい。
劉協　分かった。甘、朕はおっぱいを触りたい。駄目か？
甘　駄目です。
曹操　劉協様、まだ何も知っていないのにエロは駄目です。もうちょっと何かしてからエロを。
劉協　何かしてからエロか。朕分かった。やっぱり岩だ、岩を持って帰る。
甘　持てませんよ。
劉協　私が全てを学ぶ記念だ。それを持って心に刻みたい。
曹操　あなたが一人で持つんです。それができなければ持ち帰れない。
劉協　これは……無理か。これも……重いな。これは……持ち……

劉協が「岩」だと思っていた一つは、人間である。

岩　……。
甘　きゃあっ……。
曹操　それはきっと持ち帰れますね。

岩が持ち場に戻っていく。
——突然、黄巾党が雪崩れ込んでくる。

甘　……!?
劉協　曹操！　戦か!?
曹操　ええ。
劉協　私はいずれ戦を覚えたい。武を学びたいのだ。
甘　……申し訳、ございません。

甘はその場を飛び出していく。

劉協　甘はどうしたのだ？
曹操　いずれすぐ逢えますよ。

劉協　曹操、朕に剣を教えろ。朕は祭り上げられただけの器になるつもりはない。自ら切り開きたいのだ。
曹操　人を殺す事になりますよ。
劉協　それは悪か？
曹操　ええ、悪です。
劉協　大義があったとしてもか？
曹操　……。

曹操は剣を収める。

曹操　劉協様、ではあなたの大義を教えてください。
劉協　曹操……？
黄巾党　劉協だと……？
曹操　さあ、劉協様。

——黄巾党が劉協に襲いかかる。

劉協　曹操‼　何をしている⁉　曹操！　曹操‼　私を守れ。
曹操　何故？

劉協　殺される‼　私を……
曹操　この者達には大義があります。大平道の教えを守り、国を救うのです。
劉協　曹操⁉
曹操　あなたを殺す事は、悪ですか？
劉協　嫌だ……‼　嫌だ‼
曹操　この世にある全てを知りたいとあなたは言った。これも一つです。
劉協　……私は……
曹操　あなたは選ばれていない。そしてそれは、私も同じです。

——曹操が黄巾党を斬り捨てる。

曹操　だからこそ、全てを知らなければならない。

最後の一人を、岩が殴る。

劉協　……曹操。
曹操　あなたにとって初めての、戦利品ですよ。

舞台、ゆっくりと暗くなっていく。

大きな砂塵がその場を包み込んでゆく。

★

孫堅と夏侯惇が戦っている。

孫堅　誰かに斬られた事あるか？
夏侯惇　悪いが人生で人に斬られた事はねぇよ。
孫堅　なら、俺と一緒だな。

激しくぶつかる二人、夏侯惇が孫堅に一太刀いれる。

夏侯惇　光栄って事でいいのかおっさん。
孫堅　そうだなぁ。だから本気で行くぞ。

孫堅が猛威を奮う。
押されていく夏侯惇。

孫堅　勿体ねぇぞ。お前、ここで死ぬのは？
夏侯惇　死なねえようにできてるよ。

両者がぶつかりあう瞬間——
誰かが現れる。

誰か　決めたよ、決めた。人を殺してはいけない——それがあんたの業だ。
夏侯惇　……。

夏侯惇は一瞬の躊躇をする。
剣を止める孫堅。

孫堅　お前……。

——大きな砂塵が巻き起こる。
誰かはもういない。

孫堅　どうやらここまでだ。
孫堅　大平道の魔術ってやつか。これが自力で起こせるとしたら、そりゃ民草も付くわな。

背後に張遼・楽就がいる。

夏侯惇　まだ終わってねえぞ。
孫堅　お前の勝ちだ。分かるだろ？

孫堅は勢いよく張遼と楽就に剣を振り下ろす。
受け止める二人。
笑ってその場を離れる孫堅。
――大きな砂塵がその場を包み込む。

★

趙雲が戦っている。
その場に飛び込んでくる甘。

趙雲　お前は……!?
甘　お願いします!!　私を……黄巾党首・張角の所まで……。
趙雲　……何を言ってる？
甘　あの子に逢いたいんです。お願いします……!!

黄巾党が甘に襲いかかる。
必死でそれを助ける趙雲。

甘は懐から、黄色い布を出して、

甘　違うんです!!　私は……仲間よ……あなた達の……
趙雲　その身なりで信用される筈がない!!　ここを抜けるぞ。
甘　私はあの子に逢わなければ……

——大きな砂塵が巻き起こる。
天を仰ぎ、祈りを捧げる黄巾兵達。

趙雲　これは……!?
甘　あの子よ……!!　これはあの子が……!!

——突然、趙雲が後ろを振り返る。
また別の「誰か」がそこにいる。

趙雲　!?……お前は……誰だ?
甘　……え?

——砂塵がその場を包み込んでいく。

★袁術の元に、楽就・張遼がいる。

袁術　で、お前は捕縛された途端裏切ってのうのうとやり繰りしていたってわけだな。平気な顔で我が軍の兵を殺してたって事だろ？

楽就　……。

袁術　相も変わらずどうしようもねえな、お前は‼

楽就　言い訳する気はありません。

袁術　当たり前だ。誰が言い訳させるかこのバカタレが‼

張遼　ま、厳密に言うとそうでもないんですけどね。

袁術　口を挟むな、ここは俺の配下の話なんだよ。

袁術　てめぇは腕を買われてここに雇用されてんだろうが、結果残さなきゃ意味ねえんだよ。雇う人、雇われる人の関係をもっかいキチッと勉強し直せや。

張遼　それよりも気にかかる事があるんですけどね。

袁術　なんだ？

張遼　孫堅んとこの周瑜ってのに出くわしましてね、こいつら知り合いかとお見受けしたんですが？

袁術　……。

張遼　俺には「庇(かば)ったように」見えましたけど。

袁術　おい、そんなわけねえよな？　お前は俺んとこの武将だよな？
楽就　共に討伐軍として名乗りを挙げた以上、無駄な戦をするべきではないと思いました。
張遼　そう言ってたんですけどね、その時も。でも俺にはそう見えなかった。
袁術　まあいいや、部外者のお前が気にする事じゃねえよ。
張遼　まあそれもそう言うとは思ってましたけどね。
袁術　お前さっきから何だ？　お前も金で雇ってんだ、俺を不機嫌にさせんじゃねえよ。
張遼　知りたい事を聞いてるだけですよ、本当の主君を探してるんでね。
袁術　お前が気にする事じゃねえって言ってんだろ、同じ事を言わせるな。
張遼　だと思ってね、呼んで来ちゃってんですよ。

孫堅と魯粛が入ってくる。

孫堅　おいおい、相変わらず金に物言わせてんな、御曹司。
袁術　孫堅……。
孫堅　なんだ、お前無駄なもんに金使うんじゃねえぞ、金あんなら民草に使って腹いっぱい食わしてやれ、それがいい結果いい兵になるんだ。いいな。
袁術　貴様……‼
張遼　帰りにあったから。
孫堅　おい、ちゃんと返事しろよ。こっちは親切で言ってやってんだぞ、いいな。

袁術　あ、はい……。
孫堅　魯粛、そこら辺の使ってない調度品ごっそり持って帰れ、幾らか金になるから。
魯粛　……はい。
袁術　はいじゃねえよ！
孫堅　土産だよ、ここにきた。お前に気を遣わせたくないから自分で選んでるんだろ？　親切だよ、いいな。
袁術　どうぞ。
張遼　気持ちのいい人で意気投合しちゃって。あなたの命通り、隙あらば暗殺しようと思ったんですが。
袁術　……お前、それを……
孫堅　ああ、いいいい！　それは別に。いつでも構わんぞ、袁術。俺に隙あらば殺しに来い、こいつにも重々に言っといてやった。カモン暗殺。
張遼　あざす。
孫堅　しかしお前も変わらんな、それじゃ天下獲っても誰も喜ばんぞ。
袁術　……。
孫堅　それからさっきの話、こんなガキは知らねえけどお前、うちの周瑜と何かあんのか？
楽就　いえ……。
孫堅　あいつは大したタマでな。俺の後を継がせたいと思ってんだ、半端に斬りかかったりしたらぶち殺すぞ。

楽就　……行くんならあんたに行きますよ。
孫堅　いつでも来い、それができりゃあ本望だ。小僧、疑問は解けたか？
張遼　……まあ。ただ、業の話ってのは気にかかりますけどね。
孫堅　……なんだそりゃあ、ひろみの事か？
張遼　そうです。
袁術　それで終わる話ならするなよ。孫堅、あんたも今は忙しいだろ？　黄巾党に構ってる暇はないんじゃないのか？
孫堅　劉表（りゅうひょう）がちょいちょい小競り合いしてくるんでな、あいつはいい君主だが、登れる器じゃねえよ。お前、何とか言ってくんねえか？
袁術　ああ任せとけ。深い縁であいつとは繋がってる。こっちも忙しいよ、身内がいまいちピリッとしないんでな。なあ楽就。
楽就　……申し訳ありません。
袁術　しっかりしろよバカタレが‼

袁術は楽就を殴る。

楽就　時間を許して頂ければ。
袁術　ならお前の望む、潜入を許してやる。その代り、黄巾党の頭取れなかったら死ねや。いいな。

孫堅　……。
楽就　……わかりました。
袁術　この袁術の元に首を持って帰れない場合は死ぬと言ってくれた、いい武将でしょう孫堅。あ、ついでに天子劉協様と約束しましてね、黄巾党党首・張角の首を取ったものが次代の覇権を、握る事になった。これ、決定事項ですわ。
孫堅　そうか。
袁術　是非ともこいつに御教授願いますわ。
孫堅　……なら、そろそろ行くぞ。お前……首は渡さんぞ、覚えとけ。
楽就　望むところです。

去っていく孫堅の後に続き、家財道具を持った魯粛がはけていく。

袁術　本当に持ってくんかい‼
張遼　綺麗な……突っ込みでしたね。
袁術　それと、お前もういいや。首だ。……お前みたいなカメレオン、誰も拾ってくれるとこねえよ。
張遼　そう言うと思ってね、もう考えてありますよ。

張遼の背後に華雄が現れる。

華雄　こいつ、いただいて行くぞ。
袁術　お前……
華雄　お前が汗水流して得た情報も根こそぎ貰う。心配するな、董卓様がきちんと覇権を手にしてやるからな。
張遼　って事で、お世話になりました。
袁術　おい……お前に言っとくぞ。使えねえ君主渡り歩いて、野垂れ死ね。
華雄　……ああ？
張遼　いえいえ、教訓にしておきますよ。

その場を去っていく二人。

袁術　くそが……。
楽就　一つ聞いていいですか？
袁術　何だ？
楽就　あなたは何の為に天下を？
袁術　そうだなぁ、欲望だよ。

場面は移り変わっていく。

★

場面変わると、幽州。

劉備と公孫瓚、荀彧、王門の元に、趙雲が入ってくる。

趙雲　遅くなり、申し訳ありませんでした。

公孫瓚　ご苦労。

趙雲　幾分かの砦を落としましたが、大将格を見つける事は叶いませんでした。

劉備　いや、充分だろ、こっちも間に合ったわ。

趙雲　では？

公孫瓚　ああ。何悶着かはあったけどな。

趙雲　それと、お願いがございます。

甘が入ってくる。

劉備　……あんた……‼

甘　……。

趙雲　お知り合いでありましたか……。

公孫瓚　ああ。

甘　私を利用すると言うならば、許しません。

趙雲　お前の素性をここで話す必要はない。
甘　では何故？
趙雲　あの場にいたらお前は死んでいた。戦場を舐めるな。
甘　……。
趙雲　殿、戦乱が落ち着き次第、この者の望む場所まで連れていく事をお許しください。民草の願いです。
公孫瓚　いいに決まってるだろ。お前が判断した事で間違った事はねぇよ。ただな、趙雲。お前が思ってるよりも、事は重大かも知れんぞ。
趙雲　それは……
甘　……お心遣いありがとうございます。あなたも……。
公孫瓚　天子様のお付きのお嬢さんだ。
趙雲　え……？
甘　今は、劉協様の身が心配です。逃げ出した勝手な身をお許し願えるなら、安否を確かめていただきたい。
公孫瓚　そんな目に遭ってんのか？
甘　宮廷ではありませんが、天子様にはあの男が付いておりますので。
公孫瓚　あの男とは？
甘　曹操孟徳です。

——劉備がかすかに震える。

劉備　え？
公孫瓚　どうした劉備？
劉備　あ、いや……。
甘　私を曹操の所まで連れて行っていただきたいのです。そしてきちんと天子様に暇を願います。
趙雲　あんたが行きたがっていた場所とは違うぞ。
甘　その後に、きちんとお話し致します。あなたに、助けていただいたので……。どうか、お願いします。
公孫瓚　……分かった。
劉備　その役目、俺にやらしちゃくれねえか？
公孫瓚　劉備。
劉備　揉め事になったら困るだろ。あんたに世話になった礼だ。それにちょっと確かめたい事もあるし、な。
荀彧　ですが、趙雲殿が馬を飛ばした方が早いと思いますが？
公孫瓚　趙雲、劉備に付いて行ってやれ。
趙雲　しかし……
公孫瓚　この子を危険な目に遭わせるわけにはいかないだろ。それに道中、乞食が隣じゃ飯もまずくなる。

劉備　結構ひどいよ。

趙雲　確かに……。

劉備　おい小僧。……で、お嬢ちゃん。俺さ、さっきからちょっとおかしい事あんだよ。そいつの名前聞くと、震えんの、身体が。何でだろ？

甘　乞食だから、ですか？

劉備　君は天然か？　ん。天然か？　その曹操ってのは、どんな奴なのよ実際？

甘　……分かりません。

場面は移り変わっていく。

★

場面は、曹操軍に移っていく。

「于禁文則（うきんぶんそく）」「夏侯恩子雲（かこうおんしうん）」「李典曼成（りてんまんせい）」他、並ぶ配下を怒鳴りつける曹仁がいる。

曹仁　この馬鹿もんが!!　大事な天子様への謁見に大将不在とはどういう事だ!!　これで曹操軍の権威は地に落ちたと言っても過言ではないだぞ!!　于禁!!

于禁　ハッ!!

曹仁　俺がどんな思いであの場にいたと思ってんだこの馬鹿もんが!!　孟徳が勝手に出ないよう門を見張っとけと言ったろうが!!

于禁　申し訳ございません‼
曹仁　申し訳ございませんで済むか馬鹿もんが‼　理由を聞いてるんだ‼　ですがナニナニですぐらい言えんとお前の責任になるんだぞ‼　分かれ馬鹿もんが！　夏候恩‼
夏候恩　ハッ！　申し訳ございません！
曹仁　申し訳ございませんで済むか馬鹿もんが‼　はい二回目——！　謝って済むなら警察いらねぇんだよ。古いわ。子供の時よく言ったわ。理由を言え‼　ですがを言えって言ってんだろ馬鹿もんが‼　今すぐやり直して理由を言え夏候恩、今すぐだ‼
夏候恩　で……
曹仁　やらなくていい‼　間に合わんわ‼……李典‼
李典　ハッ‼
曹仁　何で夏侯惇もいない。あれほど単騎での行動を許すなと言ったろうが‼
李典　……。
曹仁　何で理由を言わん‼　ですがを言えと言っとろうが‼　誰でもいい？　理由を言え‼
全員　……。
曹仁　ですが‼　ですが‼　この馬鹿もんが‼　もういい‼　典韋！

典韋が入ってくる。

曹仁　お前は孟徳の護衛だろうが‼　馬鹿もんが‼　いの一番に戦場に出てはいかんと言ったろ

うが。いいか、お前に第一陣の隊長を命じる。こいつらをもう一度鍛え直してやれ。

典韋　別にいいよ。（否定）

曹仁　そっちの使い方もあるんかい‼　その派生もあるんかい！　この馬鹿もんが‼　馬超‼

馬超が入ってくる。

馬超　ハッ。

曹仁　駄目だこいつら、駄目だ。だがお前は吸収が早い、それは孟徳も認めてる。お前に第一陣の隊長を命じるから、一刻も早く曹操軍の要になれ。

馬超　……曹仁様、折り入って話があります。

曹仁　なんだ？

馬超　実は……

馬超が曹仁を剣で刺す。

曹仁　ぎゃああ‼

馬超　ひっかかった。

曹仁　何をしてるんだ馬鹿もんが‼　死んだらどうすんだ‼

典韋　いいよ。

曹仁　良くねぇよ‼　馬鹿もんが‼　何なんだ、お前ら！

夏侯惇が入ってくる。

夏侯惇　ごちゃごちゃごちゃごちゃうるせえぞ、曹仁。
曹仁　夏侯惇。
全員　大将軍‼
曹仁　だからまだ大将軍でも何でもないとあれほど言ってるだろうが‼
全員　ですが……‼
曹仁　そこは使うんかいそこは‼
夏侯惇　戦を終えて、ゆっくり散歩して帰って来てんだぞ、綺麗な景色だったな。街並みがもうイルミネーションでな。
曹仁　わけのわかんない事言うな馬鹿もんが。
夏侯惇　鈴の音が聞こえてくるようでな、リンリンリンリン……ジングルベル♪ジングルベル♪
全員　夏侯惇～♪
曹仁　クリスマスだろ‼　そこは‼　この馬鹿もんが‼　夏侯惇、何故単騎で進軍をする？　今お前が動いたところで曹操軍には何の得にもならんのだぞ。
夏侯惇　損得で戦うのは好きじゃないんでな。
曹仁　天下に号令をかける器に曹操孟徳を押し上げる。その志を忘れたか？

夏侯惇　黙ってりゃいずれそうなる。
曹仁　そんなわけにいくか。
夏侯惇　いや、いずれそうなる。
全員　大将軍。
夏侯惇　いつも心に。
全員　夏侯惇。
曹仁　うるせえって!!
馬超　格好いいな。
夏侯惇　歌舞伎みたいなもんだから。
典韋　いいよ。
曹仁　ったくどこで練習してんだよ全く。
全員　え？　稽古場だよ。
曹仁　普通に言うな。

——その時、曹仁の背後に岩がいる。

曹仁　うわっ!!
岩　その時、曹仁の背後に岩がいる。
曹仁　何だ!!　何だお前!!

岩　あ、岩です。僕は岩です。

曹操　戦利品だよ。

全員、襟を正して曹操を迎え入れる。

曹仁　……孟徳。

曹操　黄巾の連中もそうだ、奴らの中には、面白いのが溢れてるぞきっと。

曹仁　お前には言いたい事がたくさんあるぞ孟徳!!

岩　怒鳴るが、誰にも受け入れられない曹仁。

曹仁　後宮では大変な事が起こったんだぞ！　一歩間違えば、天子様は殺されていた!!

岩　既に観客は見ているのに、繰り返してクドクドそれを言う曹仁。

曹仁　孟徳！

岩　しつこい曹仁。

曹仁　お前がしつこいよ！　だから誰なんだお前は……。

岩　あ、僕は岩です。あ、赤い赤いお殿様、話してもいいですか？

曹操　存分に話せ。

岩　生まれて意識を覚えたころに、周りが岩しかなかったものですから、きっと僕は岩なんじゃないかと思ったんです。それから月日が流れ、もしかすると動ける岩は僕だけなんじゃないかと思ったんです。そしてまた月日が流れ、この人に出逢いました。この人は、僕が

曹仁　人なんじゃないか、と……そう言ってくれました。
曹操　うるせえ。
曹仁　もしかしたら、な。
岩　もしかしなくてもそうだよ。
夏侯惇　楽しく進めと、そう言ってくれました。
馬超　……泣けるな。
曹仁　泣ける……（曹仁を刺し）ひっかかった！
岩　やめろ！　お前らもうボケるの止めろ！
曹仁　そしてとりあえず、これを読むところから始めろ、と。ト書きです。
曹操　それは呼んじゃいけないヤツなんだよ。
岩　構わん、読んでみろ。
曹仁　はい。皆がボケるのに痺れを切らした曹仁がボケる。全力でボケる。
岩　何でこのタイミングでボケるんだよ。
曹仁　ですが。
曹操　お前が言うな。
全員　真っ赤なお鼻の〜♪
曹仁　曹仁さんはいつもみんなの笑いモノ♪
全員　うるせえ。
　　　でもその年のクリスマスの日〜曹仁おじさんは言いました〜♪

曹仁　くら……
曹操　軍議を始める。
全員　ハッ‼
曹仁　……。
曹操　東に小さくあがった黄色い布は南に流れ、いずれ四方を取り囲むだろう。黄巾は、まだ膨れ上がる。
全員　ハッ‼
夏侯惇　どこから潰せばいい？
曹操　いや、あえて増やす。どうせなら、この国一番の勢力にしてやれ。
夏侯惇　潰し甲斐があるってもんだ。
曹仁　目的は？
曹操　民草が何故その場所に集うのかが分かる。そしてそこには天がある。
夏侯惇　天とは？
曹操　人だ。
夏侯惇　面白い。
曹操　人材を見つけ出せ。動乱が起こるその時にこそ、時代の猛者が現れる。
全員　ハッ。
馬超　曹操様‼　お願いがある‼
曹操　何だ？

馬超　一生の願いだ。……この軍を、一旦抜けさせてほしい。
曹仁　なんだと？
馬超　俺……興味のある人間に出逢っちまった。そいつから、色んな事学びてぇんだ。許されるとは思ってねぇ！　だけど、死んでも行きてぇ気分なんだ。
曹操　てめぇの志も半端なくせに望みを叶えろと言いてぇのか？
馬超　それは……
曹操　馬超!!
全員　いいよ。
曹仁　許していいのか!?　そんな簡単に……
曹操　お前は全てを吸収する人間だ。何度も出て、その都度帰って来い。いずれそこの将軍に挑めるぐらいにな。
馬超　死んでもなります！
夏侯惇　「死んでも」使うな。
馬超　お世話になりました!!

その場をあとにする馬超。

曹仁　孟徳。
曹操　全員に命じる、まだこの軍は何も成してない。思うがままに選び、選ばれろ。この黄巾が

全員　終わるまでにな。
曹操　ハッ!!
夏侯惇　惇！　その先に何が見えると思う？
曹操　……「旗」だな。
全員　ならお前は、負けてねえよ。さあ、砂塵を起こすぞ。
ハーッ!!

曹操軍が進軍していく。
――砂塵の中に、張角が見える。

張角　……。

ゆっくりと夜の音に変わっていく。
そっと張曼成が入ってくる。

張曼成　張角……あんまり無理すんな、もう大丈夫だ。
張角　……あの男は……楽就は……？
張曼成　うん……何かな……また袁術の所に戻ったらしい。ん、あれだな……配下の奴にきっと連れ戻されたんだな。きっとそうだな。

張角　同じ事だ。どっちでもいい。
張曼成　そんな事ねえよ、あいつは悪い奴じゃないから。俺はな、馬鹿だけどそういうとこだけはしっかりしてんだから。
張角　いいんだよ、私にとってはそれがいい。
張曼成　お前が一番大変なのは良く分かってる。だけどな、思い詰めんな。少しは信用しろよ、俺達を。皆お前の為にいつだって死ねんだから。
張角　いい……。そんなの……だから死なないで。
張曼成　俺は死なねえよ！　お前の役に立つぞ、馬鹿だけどな。
張角　そんな事ないよ、覚えられたじゃない。
張曼成　何が？
張角　袁術。
張曼成　そうだな。なあ張角、もう少しだぞ、この戦乱が終わったら、ちゃんとお前の名前を呼んでやるからな。それまで、頑張れ。

優しく抱き締める張曼成。
――周瑜がそれを見ている。
その背後には、誰かがいる。

誰か　あんたの名を教えてあげるよ、龍生九子の子供だよ。

周瑜に気付き、刃を向ける張曼成。

張曼成　張角！
張角　あんたの名は？
周瑜　周瑜……。
誰か　蒲牢(ほろう)……天の龍様の二番目の子さ。
周瑜　私にも聞かせろ、業とは……なんだ？
蒲牢　こいつのかい？　すごく簡単だよ……人を心から……信用してはいけない‼
周瑜　業とは……？

立ち上がる張角。

張角　……生まれ変わる事よ。

音楽。
それぞれの旗が揺らめいている。

# ACT Ⅱ　輪廻（りんね）

——客席。
張飛がうろうろしている。

張飛　あれーーーここで待ち合わせしてた筈なんだけどなぁ。また道に迷っちゃったかなぁ……俺、気付くといっつも二幕ここにいるな。やっぱりあれだな、兄ぃが言ってた通り三人目の器は道に迷わない奴が欲しいな。うん。そうだ。それにしても早く馬見付けないと一幕終わっちまうからな……

——飛び込んでくる馬超。

馬超　待たせた——!!
張飛　お前……。
馬超　あんたに逢いたくてずっと探してんだけどな……俺、道に迷っちまって……

張飛　いいよ……全然いいよ……そんなとこも好きだよ。
馬超　そんな事言ってくれんのか……？
張飛　ああ……まさに竹馬の友だ。

——刺し合う二人。

二人　よしと。

雷鳴が鳴り響く。
舞台が始まっていく。

張飛　やべえ!!　もう一幕終わってんのか!!　終わってんのか!!……急ぐぞ!!
馬超　ヒヒーン!!

慌てて駆けていく二人。
幕が開くと——趙雲と劉備の目の前に、刀を突きつける典韋がいる。
場所は曹操軍・陣営。
——夏侯惇が入ってくる。

夏侯惇　かしづけぃ!!

　　ゆっくりと岩が玉座に座る。
　　襟を正す趙雲達。

岩　……。
趙雲　あなたが……曹操殿か⁉
夏侯惇　違う。
劉備　じゃあ何でやらせたの!!　何で⁉
夏侯惇　ああ?
劉備　すいません……!!
曹仁　本当だよ馬鹿もんが!!
趙雲　ふざけるのも大概にしていただきたい。
趙雲　荀彧。

　　荀彧が甘を連れてくる。

甘　……。
趙雲　この女だ。曹操殿に聞きたい事がある。

夏侯惇　生憎だが、あいつはいねえよ。残念だったな……。
甘　では、天子様は!?　劉協様はどうされたのですか!?
夏侯惇　知らんな。俺らは何も聞かされていない。
甘　そんな……
夏侯惇　だがあんたはここに必ず来ると言った。趙雲、お前もな。
趙雲　何故私の名を……
夏侯惇　俺らの大将に知らねえ事はねえよ。だがやる事はある。お前、何故ここに来た、その理由を俺達に言え。
甘　……天子様のお世話を任されました。
夏侯惇　何故お前が任された？　理由がある筈だ。
甘　それは……
夏侯惇　言え。
甘　……私が黄巾大党首・張角の「姉」だからです……。
趙雲　……なんだと!?
曹仁　お前があの黄巾党の……!?
甘　私が……あなたに話したかった事です。
劉備　マジかよ……じゃあ……
夏侯惇　おもしれえぞ、孟徳‼

夏侯惇の合図と共に、一斉に襲い掛かる曹操軍。
甘を守る趙雲の傍に、張飛と馬超が現れる。

張飛　兄ぃお待たせ‼
劉備　張飛……‼
張飛　やっとな見つけたぜ。馬をさ‼
劉備　違うだろう？
夏侯惇　何してんだ馬超？
馬超　わりい大将軍、今この人に憧れてんだ⁉
曹仁　許されると思ってんのか馬鹿もんが！
夏侯惇　傑作だ！　道が決まったぞ。おい、趙雲、連れてってやるぞその女を。
趙雲　どういう事だ？
夏侯惇　決まってんだろ、俺らと組んで張角まで行くんだよ。
曹仁　夏侯惇‼
夏侯惇　その先に討伐軍がいりゃ、蹴散らす。どう思う典韋？
典韋　いいよ。
夏侯惇　よし、これでいこうや。
曹操軍　ハッ‼
趙雲　そんなわけにいくか、それは我が殿のご判断だ。

夏侯惇　ならお前をこの場で殺す、勿論その女もだ。
趙雲　……ふざけるな。
夏侯惇　お前、本気で俺とやれると思ってるか？　今の器で勝てるか？
張飛　何だと？
夏侯惇　お前も見えかけてんだろ？　人に非ざる者が……。
趙雲　……お前……
甘　お願いします……いずれは頼むつもりでした……どうか！　あの子の所まで……
夏侯惇　こう言ってるぞ。
趙雲　……。
劉備　ちょっと待ってくれ……あんたらそれでいいのか⁉　大将の指示もなくそんな事……
夏侯惇　それが俺達だ。思うがまま動く。
曹仁　謎かけは……貰ったからな……全く‼
劉備　そんな軍ねえだろ普通……
夏侯惇　天子と黄巾、国も全て貰うぞ。
劉備　おいちょっと待てこら……俺も行くぞ。俺だって天下掲げてんだ！　器なら負けねえよ
　……。
夏侯惇　誰だお前？
劉備　漢の高祖・中山靖王の末裔・劉備玄徳だ‼　覚えとけ‼
張飛　兄ぃ……。

馬超　か、かっけぇえ……

趙雲　そうでもないだろ。

夏侯惇　どうすんだ趙雲、このよく分からねえ軍団で向かうのか否か、さっさと決めろ。

趙雲　……。

甘　お願いします……あの子を……救いたいんです。

趙雲は剣を抜く。

夏侯惇　進軍‼

——一斉に軍が動き出していく。

★

座っている張角、天を見上げている。

入ってくる周瑜。

周瑜　……いつもそうしてるんだな……。

張角　……。

周瑜　お前の掲げる旗は日を追う毎に膨れ上がってる。数で言えば帝の私兵軍は抜いたぞ。それも全て、お前の成せる業か？

張角　あんた達には分からないよ。天下なんてものを欲しがるあんたらに。
周瑜　お前のやってる事は同じだ。
張角　私は違う。
周瑜　同じだ。何故私を殺さない？　お前の命を狙う者だぞ。
張角　……決まってる。
張曼成　張角‼

張曼成が飛び込んできて、周瑜に刃を向ける。

張曼成　……好きです。大好きです。惚れました。一目ぼれをしくさりました。あの時の衝撃が凄くて、なんと、同じシチュエーションをやらかしてしまいました。重ねる事は恥ずかしい事ですが、重ねます。好きです。
周瑜　これか。
張角　そうよ。
張曼成　いやあ恥ずかしい！　恥ずかしいなぁ張角。兄さんな、恥ずかしいよ。でもな、張角。恋愛ってのは、恥ずかしいものなんだ。重ねます。好きです。
周瑜　（斬り落とし）静かにしてろ。
張曼成　いたあっ……張角、痛いなぁ、恋愛ってのは痛いなぁ。
張角　兄さんが痛いよ。

張曼成　でもな、張角。胸が痛いって事は、好きって事なんだぞ。好き好きキス。キスしてもいいですか?
周瑜　殺していいか?
張角　いいよ。
張曼成　おい!! 何だ二人して!! おいおい! 照れてんのか?
張角　これがなきゃ、いつでもあんたを殺せるけどね。
張曼成　何言ってんだ駄目だよ、この人はな、悪い人じゃない。俺には分かるんだ、この人はとってもいい人なんだぞ。
張角　それはばっかり。
張曼成　いや、本当にこれだけは譲れん。これだけはな。
周瑜　そうでもないぞ。
張曼成　いや、譲れん!! あ、好きなあんたに上から目線で物を言ってしまいました。惚れたもん負けのルールを覆してしまいました。これからは、尻に敷かれていいですか?
周瑜　私に惚れてるなら黙ってろ。
張曼成　はい。
張角　……あの男はどうした? あんたが殺したのか?
周瑜　あの男?
張角　袁術軍の……
周瑜　……いいや、軍に戻った。

張角　黄巾の兵を殺したか？
周瑜　いいや……連れ戻されたと言っていい。
張曼成　ほら‼　ほら‼
張角　どちらにしても次に会う時は敵だ。同胞を傷つける奴を、私は許さない。
周瑜　それは私も、同じだな……。
張角　……どういう意味だ？
周瑜　いいや。
張曼成　ここに入ってくれるって事だろ！　この人はそういう人なんだよ、そしていずれ二人は夫婦になるんじゃないかなぁ。夫婦になって貰ってもいいですか？
周瑜　八つ裂きにするぞ。
張角　もう寝る。二人でやってくれ。
張曼成　ああ‼　違うの！　違うんだ張角……‼　お前に会わせたい奴らがいる。

——幾人かの若き兵士と武将が飛び込んでくる。
名を、「トウモ」「ソンカ」「コウショウ」「テイエンシ」「ハサイ」。
そして名もなき兵士達。

トウモ　張角様……‼
張角　あんた達……！？！

張曼成　潁川の挙兵を乗り切ってくれた、さっき着いたそうだ。
張角　……良く帰って来れたね。
トウモ　ハサイ将軍の元で頑張りました。
コウショウ　俺らも結構、活躍したんだぞ。なあ‼
ソンカ　ああ。
張角　そう。ハサイ、ありがとう。
ハサイ　いえ、張角様の為ならこの命、惜しくはありません。
張角　その訛り、全然変わってない。
ハサイ　いえ、洛陽まで勢いに乗って攻め込む事が出来たんで、都の地を存分に感じてきました。都の感覚が取れないくらいなんで、逆に訛りを忘れてるんじゃないかと思ったくらいです。
張角　全然耳に入ってこないねぇ。
テイエンシ　討伐軍の情報も仕入れてきた。軍を整えれば、すぐにでもまた出陣できるぞ。
張角　ありがとう。
張曼成　まあしばらくはゆっくり休め。折角張角に逢えたんだ。
テイエンシ　いや、余力があるうちにやらなきゃ。討伐軍は全国から集まる。
コウショウ　俺らはいつでも行けるぞ！
張曼成　いや、いいんだ。なあ張角。
張角　うん。あ、あんた……生き残ったね？
青年　……ああ。

――それは、張角が助けた青年である。

張角　なら、名前付けないとね。
青年　……覚えてたのか？
張角　当たり前でしょ。
張曼成　他にも生き残ってる奴いるだろ。だからそいつらを育てるまで、ここにいる。それと、敬語を使えバカタレが‼
トウモ　俺の名前も付けてくれたんだよ。
コウショウ　そんな事言ったら全員そうだろ。
周瑜　……。
ハサイ　えっと、この方は？
張曼成　ああ、申し遅れたが、俺の嫁だ。（周瑜に斬られ）嘘だ。
張角　いい、皆こっちにおいで。あんたの話を聞かせてよ、名前付けるんだから。

張角の元に集まる全員――。

周瑜　皆……張角が名前を付けたのか？
張曼成　そうだ。親みたいなもんだからな……あ、あの子の名前は俺が付けたんだぞ。

周瑜　……。
張曼成　生きて帰れば張角に逢える。そうやって戦ってんだこいつらは。
張角　平原に産まれたのか？　じゃあ、「平」って言葉は付けないとな。
ハサイ　トンペイでいいじゃないんですかねぇ。
張角　いい？
青年　うーん。
張角　駄目、ピンと来なかったらそれはきっと駄目なんだよ。考える。
コウショウ　張角様、すげえ時間かかるから覚悟しといた方がいいぞ。
張角　そんな事ない。うーん……。
ハサイ　トンペイでいいんじゃないですかねぇ。
張角　うーん。
トウモ　俺は友達がいないって言ったら、トウモって付けてくれたんだよ。
コウショウ　俺は……。
テイエンシ　静かにしろ、張角様の集中を乱す。
張角　決まった。「　　　」はどうかな？
全員　……。
張曼成　長い上にひどいで有名なんだ、あいつの名前付けは。で、最終的に皆で考える。
トウモ　トンペイでいいんじゃないですかねぇ。

――楽しそうな張角達。

周瑜　……お前達は、何の為に戦っている？

――ふとその輪に入ってくる少年。劉協である。

張角　……あんた、見ない顔だけど……。
劉協　……。
テイエンシ　ああ、帰順の際に助け出しました。平原の戦乱に負けた黄巾にいたようです。
張角　そう、あんたも生き残ったんだね。
劉協　そうだ。
張角　名前は？
劉協　……朕はえっと……あ、いや……ない。
張角　何よチンって、あんたもこっちへおいで。名前を付けてあげる。
ハサイ　ちんちんでいいんじゃないですかねぇ。
張角　そうね。
劉協　いやだ、もっとあるだろ。
張曼成　敬語を使えバカタレが‼

楽しそうな黄巾の輪を見つめる周瑜がいる。
魯粛が人知れず、それを見つめている。

★

華雄が将軍の前に、座っている。
将軍の名は、「何進遂高（すいこう）」。

何進　それで、董卓は私に付くと言ったんだな。
華雄　ええ。
何進　本当だな、それは謀（はかりごと）なしと捉えていいんだな？
華雄　何進将軍。あなたの命の下、黄巾討伐の檄文は届きました。そしてそこには、その功績を以って帝の官位を決めると。
何進　確かに書いた。帝にも届けてある。
華雄　本当ですね。
何進　そうだ、お前達と共に、全ての手柄は私に入れる。董卓も望み通り、全て私の次の位を与えよう。
華雄　であれば――

突然、張遼が現れ無残に何進を斬りつける。

何進　貴様……‼

張遼　歴史を早く進めようと、思いましてね。

華雄　何でお前みたいなのの次なんだアホンダラ。

張遼　いなくなれば問題ないでしょ。

何進　……き……さまは私の部下だぞ……。

張遼　あ、そうですね。ですからお世話になりました。

倒れる何進。

張遼　こういうのあんまり好きじゃないんですけどね。

華雄　お前にはちゃんと存分な奴を用意してやる。

張遼　誰ですか？

華雄　楽しみにしておけ。天下は近い。

張遼　はい。

華雄　さ。黄巾ぶち殺しに行くぞ。

華雄の元に——軍勢が集まってくる。
動き出す張遼達。

★

場面変わって、袁術がいる。
入ってくる楽就・曹操。

袁術　で、話ってのは何なんだ、曹操?
曹操　諸侯を集めてる。董卓以外だ、本音で進めようと思ってな。
袁術　……裏切りはねえだろうな?
曹操　お前がなきゃ、大丈夫だろう。
楽就　……。
曹操　いや、お前はここにいてくれ。聞いておくべき価値のある事だ。
袁術　それはお前が言う事じゃねえだろ。
曹操　遅かれ早かれ孫堅は死ぬ。今、話すのはそういう事だ。
楽就　……。
袁術　お前、何か……

公孫瓚、荀彧が入ってくる。

荀彧　袁術殿、曹操殿、遅くなり申し訳ございませんでした。
公孫瓚　こんな時間に呼び出すとは、いい話じゃねぇな曹操。
曹操　ええ。

楽就　あんた……孫堅もここに呼んでいるのか？
曹操　呼びはしたが来る事はないだろうな、ああいうお人だ。
荀彧　曹操様にお願いされた通り諸侯３０州に裏で早馬を送りましたが、ここに呼応したのは7人の太守。他は来ません。
曹操　つまりそれらは全て……
公孫瓚　董卓に取り込まれてる……
曹操　その通り。孫堅以外の太守は全て董卓軍と思った方がいい。
楽就　何故孫堅が……
曹操　当たり前だろ？　あいつがいなくなれば、天下の道に最も早い。お前が太守なら、そう思うさ。ああ、それと……何進将軍が殺された。
荀彧　……それは……
曹操　別に驚く事ではないでしょう。袁術、遅かれ早かれあんたがやっていた事だ。
袁術　……董卓の所だな。
曹操　黄巾が勝つか、我ら討伐軍が勝つか、それはこの際どうでもいい。だが、黄巾を討ったとしてもその次の天下は俺達ではない。董卓だ。
公孫瓚　小僧……何を企んでる。
曹操　黄巾と手を組むってのはどうですか？
袁術　……ああ？
曹操　董卓にこの戦、勝たさなきゃいいんですよ。黄巾を討つ振りをして、その上で董卓を討つ。

袁術　その後は俺達で覇権を争えばいい。
曹操　……またとんでもねぇ事を考えるな。
袁術　ついでに討てるんじゃないですかね？　単独で動く孫堅も。
曹操　……おもしれえじゃねえか。
公孫瓚　私達は未だ天下の一番手ではない。ならば手を組む事によって、一番を取ればいい。どうですか？
荀彧　断る。
公孫瓚　殿。
荀彧　謀で戦するのは俺の時代じゃねえよ、小僧。……目指す場所は、一つでいい。帰るぞ、荀彧。
　ハッ……。

**その場を離れる公孫瓚。**

袁術　時代遅れだ。なぁ曹操。
曹操　いや、そうとも言えんだろ。主君として、見事だ。
袁術　俺は面白いと思うぞ、その策は。
楽就　袁術様……!!
袁術　だが俺も無理だなぁ。これがうまくいったとして、お前の名前があがるだろ？　それじゃ俺は飲めねえよ。俺もちゃんと考えてるんだ。勿論、お前には言わずにな。残念だったなぁ、曹操殿。

その場を去っていく袁術。
楽就は去ろうとするが、その場に荀彧が飛び込んでくる。

曹操　……どうした？
荀彧　ひとつ気がかりな事が。勿論これは我が主君に伝えさせていただきますが……
曹操　話せ。
荀彧　あなたの策は矛盾に満ちています。成し遂げたとしても、小さな混沌を生むだけです。ですが――この策が「断られる事」を前提として話していたとすれば、非常に面白い。
曹操　……お前の名は。
荀彧　荀彧文若。一介の浪人文官です。
曹操　覚えておこう。（楽就に）お前は、覚えんぞ、その名前ではな。
楽就　……。

戦乱が始まっていく――。
曹操の見ている先に、黄色い布を巻いた劉協がいる。
劉協を助ける張角。

張角　……あんた本当に何にもできない‼　それでよく生きれたね。
劉協　すまない……。
張角　言葉遣いだけはしっかりして、いい‼　私の傍を離れない事。
劉協　ああ。
張角　いつもと戦の様子が違うの、あんた本当にしっかりしないと、生き残れないよ。

劉協を連れ、駆け抜けていく張角。

★

夏侯惇と趙雲が戦っている。

夏侯惇　お前ん所の大将は誰だっけ？
趙雲　そんな事はどうでもいい。
夏侯惇　面白い時代になるぞ、これからな。
趙雲　それよりも答えろ？　貴様は何故……

蒲牢が現れる。

蒲牢　……こいつは私じゃないからねぇ……別の龍様の子さ。

趙雲　これは……。
夏侯惇　来ると思ったぞ。
趙雲　お前にも……憑いてるんだな……
夏侯惇　ああ、お前には話したか？　業を……
趙雲　……。
夏侯惇　まあ選んでるって言ってたからな、しかし……お前と俺が同じ器じゃふざけた話だ。
蒲牢　そりゃそうだ。それにねぇ、龍生九子は逢っちゃいけないって言ったろ阿呆が。消すぞ。

――蒲牢は趙雲の隣にいる誰かに話しかける。

趙雲　……私は、天下などには興味はない。

劉備・張飛が甘を連れて飛び込んでくる。

劉備　趙雲……!!　ここを越えりゃ、もうすぐだ。
張飛　兄ぃ、殿（しんがり）は任せろ。早く行ってくれ。
趙雲　……私の傍を離れるな。
甘　はい。

趙雲が甘・劉備を連れてその場を斬り抜けていく。

張飛　くそ、黄色いの斬っていいのか違うの斬っていいのか分かんねぇな。

夏侯惇　思った奴をやれよ、それが豪傑だ。

張飛　あんたつええな、いつか絶対挑んでやるぞ。

張飛がその場を斬り抜けていく。

蒲牢　いっぱしの事言っちゃって……あんたそんな事言えんのかい？

夏侯惇　もう用はねえぞ。

蒲牢　あんたは人を斬ってない‼　殺してないじゃない。傑作だねぇ。

夏侯惇　……。

蒲牢　流石のあんたも、命が惜しいってか？

夏侯惇　おい……命なんか惜しくねえぞ。

蒲牢　って事は、死ねないものがあるのかい？　守りたいものがあるのかい？

夏侯惇　……。

夏侯惇は目の前の敵を斬り殺そうとする。

蒲牢　斬ったら終わりさ。あんたを失えば、あいつも終わる。
夏侯惇　……。

斬らない夏侯惇――それを見て笑う蒲牢。
★
張遼と華雄が黄巾党を蹴散らしていく。
その前にテイエンシが現れる。

張遼　……どうします？
華雄　お前がやりたいんだろ？
張遼　首持って帰れば、董卓様は役職くれますかねぇ。
華雄　こいつの器次第だろ。

張遼がテイエンシを斬り刻んでいく。

張遼　この程度じゃ駄目ですねぇ。
華雄　はは‼　くだらねえぞ、黄巾。

華雄が斬り付ける。

――遠く先から、張角と張曼成がそれを見つける。

張角　……‼

テイエンシ　張角様……‼……申し訳ありま……

テイエンシの首を斬り落とす華雄。
駆け寄ろうとする張角を制する張曼成。

張曼成　行くな！

華雄　首を集めろ……‼　黄巾に届けてやれ……‼

コウショウ　貴様‼

華雄がコウショウを突き刺す。

張角　コウショウ‼

華雄　こいつら、数だけはいやがるな。

張角　やめろ……！　やめろぉ‼

張曼成　行くな‼　ここは一度撤退する‼

張角　嫌だ‼

張曼成　このままでは被害が大きいんだ‼　行くぞ‼
コウショウ　張角……万歳……‼

首を斬り落とされるコウショウ。
飛び込んでくる――周瑜。

張角　コウショウ‼
張曼成　張角‼
周瑜　ここは私がやる……‼　撤退の命令を出せ‼
張角　いやだ……
周瑜　これ以上死なせない為だ‼　行け‼
張遼　董卓の旗を出しとけ‼　黄色を塗り潰してな……。
華雄　お前、見事な変わり身だな。
張遼　褒め言葉ですよ。

笑う華雄。
舞台一瞬の暗転――。

★

――黄巾の旗の前に、首が転がっている。

張曼成　……申し訳なかったな。守ってやれなかった……頑張ってくれたな。
張角　……許さない……絶対に……殺してやる……ぶち殺してやる……。
張曼成　全軍の被害が大きい……ここは立て直すぞ。
張角　一人だってやる……どんな手を使っても、八つ裂きにする。
張曼成　張角‼
張角　触るな‼……私の名を呼んだんだ……最後に……なんにも言ってやれなかった……私が
……
張曼成　それが戦だぞ。

——張角の目の前に甘が現れる。

甘　……やっと逢えた……。
張角　え……？

張角を抱きしめる甘。
劉備と趙雲が後ろにいる。

劉備　こいつが……黄巾党の……。

舞台ゆっくりと暗くなっていく。

★

――夜の虫が響いている。

孫堅が「誰か」と話をしている。

孫堅　誰だ……⁉

入ってくるのは楽就である。

楽就　……あんたこそ誰と話してた？

孫堅　お前は袁術んとこの……。

楽就　今はいい。

孫堅　よかねえだろ、ここは。

楽就　この黄巾の奥に思惑が動いてる。董卓だけじゃない、あんたの命も狙われるぞ。

孫堅　ほう。

楽就　黄巾の討伐から外れろ。

孫堅　ガキが偉そうな口を挟むんじゃねえよ。

楽就　あいつらをこの目で見た。圧政に苦しむこの国を変えたいだけだ。それ以外を望んでいな

孫堅　い。

楽就　……だからなんだ。

孫堅　俺達と一緒だ！　だから天下を獲る‼　それだけだ。

楽就　……綺麗事だけじゃ天下は獲れねぇぞ。

孫堅　「不殺（ころさず）の国」を創る‼　それが俺とあいつで夢見た道だ……！
……おもしれえ事言うじゃねえか。魯粛。

**魯粛が入ってくる。**

魯粛　はい。

孫堅　全軍を配置しろ。長沙の自慢の兵をお披露目するぞ。

楽就　……あんた。

孫堅　この国は飢饉でなぁ、表向きは派手にやっちゃあいるが裏は随分と痩せ細った。どっかの馬鹿息子もそれを聞いて逃げ出すぐらいでな。

楽就　……。

孫堅　まあ、逃げたというか不甲斐ない親父のケツを持ってくれたともいう。

楽就　あんたは不甲斐なくないだろ。

孫堅　黄巾を討伐せにゃならん。でなきゃ、天下の趨勢（すうせい）は変えられんのでな。

魯粛　……黄巾には、周瑜様がいます。

孫堅　本気で向かって来いと言え。それが道を切り開くって事だぞ。
楽就　行くな！
孫堅　お前とも話したな。首は渡さねえぞ、「不殺の国」を創りてぇなら本気で来いや。

その場を去っていく孫堅。

楽就　魯粛。
魯粛　……本当の、お気持ちだと思います。

去る楽就の背中を見つめている魯粛。

★

夜の中——劉協の元に、曹操がやってくる。

曹操　黄巾の暮らしには慣れましたか？
劉協　……慣れるわけがない。
曹操　生き延びるという事は、そういう事です。
劉協　朕はお前の考えが分からん。兵士達を見て、命の重さを知れという事か？
曹操　どうでしょう。
劉協　……毎日生きていくのに精一杯だ。私は剣を使えん。

曹操　……。
劉協　お前は答えをくれん。だが……それだけではない気がする。
曹操　生きていれば見える事もありましょう。
劉協　……。
曹操　自らの道を切り開くのです。

——劉協の見つめる先に、張角と甘、趙雲がいる。
馬超が入ってくる。

馬超　前線は潰しといた。時間は少し稼げるぞ……。
趙雲　……良くやった。
馬超　……‼　あんた……その雰囲気、格好いい……
趙雲　黙ってろ。それよりも、お前が黄巾党首・張角か？
張角　……。
劉備　こんな子が……驚くぜ全く……。
ハサイ　ですが張角様に武の腕で敵う相手などいません。
甘　私もこの子も……名もなき村で生まれました。名前もありません。帝の圧政と領地の奪い合いで潰された村です。殺されたのか、それとも捨てられたのか分かりませんが……親もいませんでした。幼き私が分かっていたのは目の前に抱いている赤子が妹で、この子を守

張角　る事だけが私のできる唯一の事だと……。
甘　皆同じだよ、黄巾の旗を持つ者は、皆そうだ。
　ただ普通に生まれ、ただ生きていく事を望んでいました。ですがそれが許される国ではありません。だからこの子は、剣を取りました。今度は私をその手で守る為に。
趙雲　気持ちは分かるが、剣を取れば戦が生まれる。やっている事は、同じだ。
張角　あんた達とは違う！　私が欲しいのは領地でも天下でもない。
趙雲　それでも、結果は同じ事だ。
張角　……。
馬超　そう、同じ事だ。
劉備　少し黙ってような。
甘　それはあなた達を見て、私も知りました。
劉備　でもどうして、こんな大軍団に……。
甘　私が悪いんです。この子が聞こえたという天の声を皆に話したから。
張角　そんな事ないよ。
甘　この子にとっては苦しみだったはずの悩みを、私は皆に話した。
張角　私がそれを選んだんだ。
劉備　ちょっと待てよ、そんな馬鹿な話あんのかよ……。
趙雲　……お前は、見えたんだな。
張角　天下の才と引き換えに、業を背負う。

甘　……でもそれは、この子が望んだわけではない。それなのに、私が疲弊する仲間を鼓舞するために、口にした。だからこの子は、張角になった。

劉備　……俺には、そんな奴ひとっつも見えねえぞ。こんな話あんのか……。

甘　この子は党首・張角ではありません。この子の名前は「カン」。私と同じ名前です。ひと時も離れる事がないように、二人に同じ名前を付けてくれました。

――張角を抱き締める甘。

馬超が感動している。

ひっそりとそれを見ている張曼成と周瑜。

周瑜　……お前が付けた名前か。

張曼成　いつの日か太平の世にして呼んでやるつもりだ、育ての兄として。……あいつを苦しめてるのは俺だからな。

周瑜　幼き頃から共にここまで……か。

張曼成　どういう意味だ？

周瑜　いいや……。

張曼成　おい、どこに行く？

周瑜　前線はいずれ制圧されるだろう。連合軍が動き出す。董卓のおこぼれを貰おうとしてな……。

張曼成　俺も行くぞ。
周瑜　ここにいろ、馴染みが久し振りに揃ったんだろ。
張曼成　いや……
周瑜　……お前達を見ていると、国の意味が分からなくなる。だが、私にも夢見た国があるんだ。

その場を去る周瑜を見つめる張曼成。

馬超　いいのよ……もう充分伝わったから……いいの。
劉備　どうした？
馬超　素敵だから……影響を受けたの。
趙雲　受けてもいいから静かにしておけ。それで、お前達はどうする？
甘　もう、いいんです。諦めよう……
張角　そんなわけにはいかない！
甘　これ以上は、もう無理。あなたとはぐれて、私もたくさんの戦場を見ました。続ければ、よりたくさんの命を失う。あなたの命も。
張角　私は死なない、選ばれてる。
甘　あなたを愛している仲間も失うのよ。
張角　なら私を裏切ればいい、私は信用していない……。
張曼成　張角！

張角　信用してない！
劉備　分かった‼　なら俺達が手を貸してやる。
趙雲　……何を言ってる？
劉備　こいつが望んでない天下を、天が選んでんだ。だったらその天の器、俺が貰ってやる‼
　　　趙雲‼　お前も同じだ！　俺に力を貸してくれ‼
趙雲　ふざけた事を抜かすな‼
劉備　太平の世にするんだ‼　結果は同じだろ、お前もそれを望み、剣を取った！
趙雲　……そんなに簡単な事ではない。私の主君は、一人だ。
劉備　趙雲……。
趙雲　お前をここに届けるまでが私の仕事だ。約束は果たした。張角、次に逢うときは敵だ。
張角　……分かってる。
趙雲　お前もここに残るなら、同じだ。
劉備　お前は戻ってくる！　絶対だ……！
趙雲　戻らん。
劉備　いや、絶対だ‼　お前は俺と共に天下を獲るんだ。天の声は聞こえねえが俺の天はそう言
　　　ってる。そう決めた……‼
趙雲　……。
馬超　格好いい……格好いいぜ……
劉備　今、笑いはいらねえんだよ……（馬超は趙雲を見ている）そっちか……‼

甘　……私の命はあなたのものです。もう何度も、助けて貰いました。
趙雲　……。

その場を去っていく趙雲。

★

曹操の元に、典韋が入ってくる。

曹操　典韋、ここに一番に到着するのは夏侯惇だろう。あいつが張角を斬るか守るかは分からんが、お前がそれを止めろ。
典韋　……いいよ。
曹操　そしてできれば、あいつを守ってやってくれ。
典韋　……。
曹操　それができたら、好きなように喋っていいぞ。
典韋　……うん。

その場を去っていく典韋。
すれ違いに公孫瓚が入ってくる。

公孫瓚　こんな抜け道を用意するとは、お前は敵か味方か分からんな……。

曹操　あんたの宝が心配でしたか？

公孫瓚　……馬鹿言え。宝なんかじゃねえよ、あいつは天下に名を成す猛者だ。

曹操　その器だからこそ、趙雲はあんたんとこにいる。

公孫瓚　天下の才がある奴は、自分で道を選ぶんだ。例え苦渋の選択であっても。そう教えんといかん。

曹操　見事です。では先輩、戦を始めましょう。

——張遼の軍団が砂塵から現れる。
蒲牢がそれを見つめている。

蒲牢　行くのかい？　そろそろどちらを選ぶか決めるよ。そう龍様は言ってる。

張角　……。

蒲牢　人に心を預けてはならない……それがあんたの業だ。

張遼が黄巾党を斬り刻んでいく。
舞台が回り、張角が董卓軍と戦っている。
周瑜がそこに参戦する。

周瑜　西からの軍勢は私がやる。お前は本陣に戻ってろ。

張角　……。
周瑜　礼などいらん。お前も業を背負ってるんだろ?
張角　それ……
周瑜　私の主君と同じだ。話しては貰えなかったがな。一つ……お前が背負えば周りも背負う。それを忘れるな、下からの進言だ。

魯粛が飛び込んでくる。

魯粛　周瑜様。董卓軍に呼応し、中華全土より続々と集結!!　黄巾本陣まで向かっております!!
周瑜　時間がないぞ。

敵が取り囲む。
それを打ち破る、楽就がいる。

楽就　ここは俺達に任せておけ。周瑜の言う通り、本陣へ。
張角　……お前……。
楽就　言ったろ?　少しは信用したかって……俺は裏切らねえよ。
周瑜　遅いぞ。
楽就　大海は充分見てきた。後はいつも通り、俺の道を進むだけだ。

張角　お前達は……？
楽就　ああ、こいつ俺の惚れた女だ。昔からずっとな……。あ！　だからもし……俺になんか恋とかそういう感情があったとしたら……申し訳な……。
張角　あ、そういうんじゃなくて全然、それは本当に。
楽就　あっそう……。
張曼成　……。

いつの間にか張曼成がそれを聞いている。

張曼成　……今の本当？　ねえ本当？
魯粛　はい。
張曼成　糞みたいな奴だなお前‼　馬鹿野郎‼　お前みたいなもん信用した俺が馬鹿だったよ……‼　悪い奴だよお前は本当に‼
周瑜　どうでもいい‼　張角、行け‼
張角　……ありが……
周瑜　行け‼

張曼成と張角、蒲牢がその場を抜けていく。

楽就　……何か俺が振られたみたいになっちゃった……。
周瑜　お前もどうでもいい‼
魯粛　長沙孫堅軍も全軍で進んできております。……殿は、覚悟をしております。
楽就　行くぞ、周瑜。どんな混乱でも呉の兵は守り抜く、それをやってこそ大将だ。
周瑜　私が言おうと思ってた台詞だ。
楽就　俺達の国を創る……その為に、親父を乗り越えなければいかん。
周瑜　……良く帰ってきたな、孫策。
孫策　ああ！

孫策と周瑜、魯粛が戦乱を斬り抜けていく。

★

張飛と馬超が戦っている。
劉備と甘もそれに続く。

張飛　兄ぃ‼　次どっちに行ったらいい⁉
劉備　馬鹿野郎！　俺に戦の事が分かるか？　軍師じゃねえんだぞ。
張飛　全く……。
馬超　俺……なるぜ。
劉備　いや！　何かお前無理だ。それとそのキャラやめろ。

馬超　ここにきて俺ブレてんだ!!
劉備　知るか！　張飛、お前はこの子連れて、安全な所へ。馬超、お前は俺に付いて来い。
張飛　何処へ行くんだ？
劉備　張角と合流する。あいつは死なせちゃいかん。あいつの天下を俺が拾ってやるんだ。張飛、この子は俺の嫁さんになる女だ。絶対に守り通せ。
甘　……何を……
劉備　斬り抜けたら、もっかいちゃんと言うから。張飛……!!
張飛　命に代えて!!
劉備　馬超、お前俺よええからな……守れよ俺を……!!
馬超　命に代えて!!

張飛が甘を連れてその場を離れていく。
戦乱の最中――曹操がその場に現れる。
驚き……震える劉備。

劉備　お前……
曹操　お前が劉備玄徳か……初めまして、でいいんだな。
馬超　殿……!!
曹操　もうお前の殿じゃねえだろ、こいつがお前の新しい大将か？

馬超　……まあな。

劉備　曹操……孟徳だな。

曹操　劉備、戦局を知れ。このままでは、お前達はいずれ包囲されるぞ。馬超を使い、北を乗り切った場所で張角と合流する。

劉備　……お前に言われるまでもない。

馬超　ここは言う事聞いた方がいいぞ。

劉備　うるせえ‼……うるせえよ。

曹操　ならいい。劉備、その心意気に免じてお前に天子をやろう。必ず張角と合流しろよ。

劉協がそばにいる。

劉協　曹操……

曹操　勝ち抜いて選ばれろ、そう約束したぞ。

劉備　曹操‼

曹操　劉備、長い戦になりそうだな。俺と、お前は。

その場を去っていく曹操。

★

袁術の前に、公孫瓚が現れる。

袁術　こっからなら、戦流れが良く見えるなぁ。
公孫瓚　……。
袁術　遅かったじゃないの、どこ行ってたんだお前は。
公孫瓚　ほっとけ。
袁術　で、どうする？　曹操の言った策には乗るのか？
公孫瓚　答えは出したぞ。それに……
袁術　それに何だ？
公孫瓚　あいつはお前より一枚上手だよ。
袁術　……そうでもないんじゃないかなぁ。俺が怖いのは孫堅だけだよ。あいつだけは本物の豪傑だ。だがちょうどいい時に、あいつんとこが飢饉に遭ってな、泣き付いてきたってわけだ。で、あげたのよ米と兵士を山ほど。あいつの息子と家来を人質にな。

——二人の見ている先で、孫堅が戦っている。

公孫瓚　何が言いたい？
袁術　一年になるかなぁ……流石の孫堅、うちの兵士達を見事な自分の兵士に変えてくれた。愛だよありゃ大したもんだ。でもな、最初から言ってたんだよ……俺は！

——孫堅が無数の長沙の兵士に斬られる。

袁術　あいつを殺す為に愛された振りをしろとな。

公孫瓚　……お前……

袁術　この大戦乱のドサクサだから大丈夫。ああ、お前に話した条件もあったろ、孫堅殺してくれってやつ……。

——いきなり公孫瓚を刺す袁術。

袁術　あれもドサクサに紛れて、お前を殺す為だったんだ。なあ、俺のが一枚上手だろ。

兵士が公孫瓚陣を取り囲む。

袁術　公孫瓚軍の全てを包囲しろ。まだまだ群雄割拠、死ねませんよ。

舞台暗くなっていく。

——張角と張曼成が走っている。

張角に襲い掛かる華雄。

張曼成　張角……!!

華雄　……ははっ。

華雄に斬られる張曼成。

張曼成　行け、張角。

張角が離れる中――華雄VS張曼成。

斬りあっていく。

張遼が加わり、張曼成を斬り刻んでいく。

張遼　……なんだこいつ……。

華雄　ハアハア……知らねぇよ！

張曼成　あいつの名前をもう一度、呼んでやるんだよ。

斬られていく張曼成。

★

趙雲が公孫瓚陣で戦っている。

趙雲　……⁉

　荀彧が飛び込んでくる。

趙雲　何故こんな事になる⁉　荀彧‼
荀彧　袁術軍の反乱です。出し抜かれました。
趙雲　殿は……⁉
荀彧　……。
趙雲　何故守らん‼　ふざけるな‼
荀彧　……お待ちください。行ってはなりません。
趙雲　何を言ってる？
荀彧　帰陣の命を出していないと！　殿から仰せつかりました。くれぐれも戻すなと。
趙雲　……そんな事を言ってる場合か⁉
荀彧　あの人はあなたが……出て行けるようにしたいんでしょう。
趙雲　……。
荀彧　あなたの心の奥を、常に見ています。子龍が天下に羽ばたけるように、この命を使う……
　　　そうおっしゃっていました。
趙雲　……そんな君主があるか……
荀彧　行ってはなりません。殿の気持ちを分かってあげてください。

趙雲　分かるから行くんだ‼

公孫瓚の元へ走り出す趙雲。

★

ぼろぼろの孫堅の目の前に、夏侯惇が現れる。

孫堅　天からいよいよ見放されたと思ったが、ツキはまだあるようだな。
夏侯惇　……でも俺はお前じゃねえよ。
孫堅　お前も業を持ってんだろ、んじゃ俺にとっては一緒なんだよ。
夏侯惇　……。
孫堅　小僧、ここで決めるぞ。どちらかが死ぬんだ、それが決め事だ。
夏侯惇　俺はお前を殺すぞ。譲れないものがある。
孫堅　生涯一度の本気を出すから、ようく目に焼き付けておけ。

夏侯惇VS孫堅。
孫堅の力に圧倒される夏侯惇。

夏侯惇　天を目指せば、まだ上ってのはいるんだな。
孫堅　……お前は殺せねえのか？　俺を……？　あの時の躊躇はそれだろ？

夏侯惇　知らん。
孫堅　って事はそれがお前の業か？　だっせえな。
夏侯惇　全くだ。
孫堅　まあだせえのは……俺も一緒だけどな。
夏侯惇　譲れんものがある。命よりもきっと、大事なもんだ。
孫堅　俺にもあるんだよ。
夏侯惇　俺達は……天下に抗うんだよ。

――夏侯惇が迷いなく孫堅を貫いていく。

孫堅　……本望だ。おめぇ……抗えよ。業なんて関係ねぇぞ。
夏侯惇　……。
孫堅　悔しいけどなぁ、抗って死ぬ馬鹿になんなよ、俺みたいにな。

崩れ落ちる孫堅。

夏侯惇　命果てるまでお前の分も、持ってく。

その場を離れる夏侯惇。

誰かと話をしている孫堅。

孫堅　馬鹿野郎、俺はてめぇに負けたんじゃねえよ、勘違いするな。

周瑜と孫策が飛び込んでくる。

周瑜　……嫌だ……嫌だ……‼
孫策　親父‼……親父……
孫堅　おいおい……そりゃまずいだろ、お前は家の為に出たんだろ？
孫策　そんな場合じゃねえだろ。
孫堅　孫策、いい豪傑がいるぞお前の時代には……ありゃあとんでもねえ。お前が羨ましいわ。
　　　何度も戦うぞ、お前とあれは。
孫策　話すんじゃねえ。
孫堅　んじゃ席を外せ。俺は可愛い周瑜と話してえんだ。
孫策　親父……！
孫堅　外せ‼
孫策　……。
周瑜　お願いだから……孫策を傍に置かせて下さい。お願い……
孫堅　馬鹿野郎……それじゃ俺が死ぬみたいじゃねえか、そうだろ？　孫策……。

孫策　……さっさとしろよ、俺の嫁だ。

——孫策はその場を離れていく。

孫策　……魯粛、弟を……孫権を……ここまで呼んでやってくれ。
魯粛　……。

魯粛が見つめる中——かすかにその場に残る孫策。

周瑜　殿……。
孫堅　周瑜、お前も嫁に行くんだから髪くらい伸ばせ。おなごだぞ。
周瑜　その考えは……好きではありません。
孫堅　そうだった、お前は一筋縄じゃいかん。魯粛……孫策はちゃんと席を外したか？
魯粛　はい……。
孫堅　そうか。あいつを褒めた事などほとんどねえがな……ありゃあ良くできた息子だ。見る目あるな。
周瑜　……親馬鹿ですよ。
孫堅　お前らは俺の業を探してんだろ？　ずっと。
周瑜　気付いていたんですね。でもあなたは……

孫堅　そんな下らねえもん話す必要はねえよ。でもな周瑜、業に抗い続けた人生は俺の誇りだ……。
周瑜　それは……
孫堅　俺はお前らを、目一杯愛していたぞ。
孫策　……親父。
孫堅　泣くな馬鹿。ブスだぞ。「不殺の国」……いいじゃねえか。
周瑜　殿……‼
孫堅　先に言っといてやる。周瑜、俺の息子は、天下を獲るぞ。

——眠りにつく孫堅。
泣き崩れる周瑜の前に、「誰か」がいつの間に見えている。

誰か　……。
周瑜　うわあああああああああ‼

舞台ゆっくりと暗くなっていく。

★

——ぼろぼろの公孫瓚に袁術軍が襲いかかる。
飛び込み、敵を斬り刻む趙雲。

趙雲　殿に触るな‼

公孫瓚　趙雲……。

趙雲　殿……遅くなり、申し訳ありませんでした。

公孫瓚　何で戻ってきた？

趙雲　それは……

公孫瓚　来るなと言ったろうが馬鹿野郎が‼

趙雲　そういうあなただからこそ、放っておけません！

公孫瓚　……いてぇて、まったく。趙雲、気にかかる事があるんだろ？　行って来い。

趙雲　いえ……。

公孫瓚　俺もガキの頃からお前見てんだぞ、すぐ分かる。ああ、俺は死なねえから、絶対。こういう爺はな、案外しぶとく生き抜くもんだ。生きちゃうよ、俺は。

趙雲　そう……思っています。

公孫瓚　なあ、趙雲。劉備をどう思う？

趙雲　別に何も。

公孫瓚　なら何かある目で見てみろ。ありゃあな、すげえ君主だぞ。なあんにもねぇ、でっかい志以外は、なんにもねえんだ。お前は俺を想い、何かを我慢するだろうが、あいつはそうじゃねえ。共に怒り、共に涙できる人生だ。もしかするとそんな奴がな、天下を獲るかも知れん。

趙雲　冗談はやめてください。

公孫瓚　趙雲、ボケたかったんだ。だがな、お前が笑っていけると思ったんだよ、俺は。趙雲、あんまり小難しい顔をするな。

荀彧がそっと公孫瓚を支える。

趙雲　……では殿。少しばかりお時間をいただきたい。あなたの友を、救って参ります。

公孫瓚　それでいい。

趙雲　その後に笑うのは、あなたの前です。

——走り出していく趙雲。

公孫瓚　若造ども、お前らな、羽ばたいてみろ。

頷く荀彧がそこにいる。

★

華雄に一太刀浴びせる張曼成。

だが、そこで倒れこむ。

華雄　お前がやれ……。
張遼　諦めませんよ、こいつ。
華雄　まだ狙ってるやつがいるんだよ、董卓様への土産だ。呂布(りょふ)に先は越させん。

その場を去る華雄。

張曼成　あいつに名前を……
張遼　残念だったなお前、あの女さえ倒せれば、お前の首の価値があがったのに。
張曼成　あいつに……
張遼　もういいよ。

——張遼が止めを刺し、その場を離れていく。
動かない張曼成の前に張角が現れる。

張角　私ね……言われたの。人に心を預けてはならないって……天下と引き換えに背負う私の業だからって……だけどね、あなたを信用しちゃった。心から……支えだったの……ごめんね、私のせいだね。

——張曼成が話しかけた気がする張角。

張曼成　……セーイ‼　だったらそんなのやめちまえ、天の声なんか関係ないぞ。皆、お前がいたからやってきたんだ。業って何だ？　覚えられんぞ。
張角　辛いよぉ。
張曼成　良く言ったな。お前がそう言ってくれれば、幸せだよ。
張角　責めてよ……お願いだから……ねぇ……ねぇ……
張曼成　イエーイ‼……

張曼成は動かない。
――放心する張角に董卓軍が襲いかかる。
それを斬る曹操。

張角　……もう……殺せ……。
曹操　折れるのは結構だが、まだいるぞ。お前の為に戦う者が。
張角　……黙れ……
曹操　そして、今この瞬間も死んでいく。お前に力がない為にな。
張角　黙れ‼
曹操　配下が死ぬと思うなら、最初から頭になるな。いつどの瞬間でも、生きると思え。それがお前にできる唯一の事だ。

張角　……。
曹操　付いてこい。戦の終わりを、教えてやる。死にたいならそこで死ね。

舞台ゆっくりと暗くなっていく。

★

——進んでいく黄巾党配下トウモ、ハサイ、青年達と甘。
董卓軍の猛攻により、次第に劣勢になる彼らを助ける張飛。

張飛　何してんだバカタレ‼　勝てねえんならさっさと剣置いて逃げろや。
ハサイ　……行けません。
張飛　何だと？
ハサイ　どこかできっと、張角様が見ていますから。
張飛　お前らじゃ、もう何ともなんねえだろうが。
トウモ　名前を貰ったんです。その名前に恥じない戦をしなきゃ。
張飛　……阿呆どもが‼　なら俺がここでお前らを殺してやる。
甘　……何を？
張飛　その黄色いの捨てて張角んとこまで行って来い‼　その方がはええだろ、どんな手使っても助けに行ってやれ。ここは、俺がやってやる。
ハサイ　……ありがとうございます。

張飛　……厳しいぞ、お前ら。
トウモ　張角様、言ってくれたんです。私は母じゃなく父になりたいって。それなら共に戦えるからって……子は、父を越えなきゃ……
青年　……。
甘　生きて、聞かせてあげて……あの子に。
張飛　御託はいい、行け‼

張飛がその場をしのいでいくが、押されていく。
――趙雲が助けに入る。

趙雲　何をしてるんだお前は。
張飛　……まだまだ力足んねえな、チキショウ。
趙雲　斬り抜けるぞ、ここを。
張飛　いや、ここは俺が任された場所だ。あんたは兄ぃを助けてやってくれ。
趙雲　お前一人では無理だ。
張飛　もう仲間だろ、あんたは。それと、この人も。
甘　……いいの？
張飛　お前なら安全だ。兄ぃの嫁になる人だ、手出すなよ。
趙雲　……そうなのか？

甘　いえ……

張飛　絶賛片思い中だ。

趙雲　……お前達は全て勝手に決めるんだな。

張飛　大体そうなんだ、張角って奴にも言っといてくれ、兄ぃの傍に来いってな。直観だよ。

趙雲が甘を連れてその場を離れていく。

張飛　さてと。行くぞ。

張飛が一人で踏ん張っていく。

★

夏侯惇が傷つきながら進んでいく。

――典韋がその場に助けに入る。

夏侯惇　お前は孟徳の護衛だろうが。行けや。

典韋　……だめ。

夏侯惇　……。

典韋　あんたが死んじゃうからだめ。殿が嫌がってるからだめ。守れと言われたから守らなかったらだめ。あんたを待ってるから連れてかなきゃだめ。会わせなきゃだめ。勝たなきゃだ

め。勝たなきゃだめ。あと、あと……

夏侯惇　いつものでいい。
典章　でも……
夏侯惇　そうでないと調子が狂う。孟徳まで後ろを頼むぞ。
典章　……いいよ。

——向かう夏侯惇と典章。

★

戦う張角の前に——横たわるハサイや、トウモ。
既に死んでいる。そこに佇む青年。

張角　……。
青年　皆あんたに……逢おうと頑張ってた。俺にも力が無かった……。
張角　行って……逃げ延びなさい。この戦は終わるから……行きなさい。
青年　嫌だ……。
張角　行け‼

張り倒す張角——。

張角　……ここが死に場所か？
曹操　いいや。
張角　お前達全員を道連れにしてやる。ただでは、死なない。

劉備、馬超が劉協を連れて駆けつける。

曹操　張角……戦の終わりを教えてやると言ったぞ……。ここにもできる。

劉協を掴み、張角の前に突き出す曹操。

曹操　この国の天子だ。お前の仲間を殺し、お前を討ち滅ぼそうとしたこの国の頂点だ。
張角　……。
劉協　曹操‼
劉備　……お前‼
馬超　駄目だ‼
曹操　この子を殺せば戦が終わるぞ。首を持って掲げれば、とりあえずはお前の勝ちだ。
劉協　お前は……私の友ではなかったのか……⁉
曹操　切り開け。何度も言わせるな。
劉備　お前、何やってるのか分かってるのか⁉

曹操　ならばお前にできるか？　天下を掲げるお前に。
張角　お前が……帝の……お前達のせいで……村が焼かれ……民が死に……たくさんの同胞が死んだんだ……。
劉協　うわああ‼

死体から剣を取る劉協、だが張角がその剣を叩き落とす。

張角　分かるか……どんな想いで皆が生きてきたか……どんな想いで私に語ったか……ただ座って日々を生きてきたお前達に分かるか……命の意味を……分かるか……
劉協　……分からない……。
張角　ふざけるな……ふざけるな……‼
劉備　殺すな……‼　殺して何になる……何にも変わらん‼　お前の天下の器は俺が貰ってやる‼　お前に名前を付けてやる‼　天下に羽ばたく新しい名前だ！　だから殺すな‼
張角　……ふざけるな。
劉備　帝だって民草だろうが‼　忘れんな‼
曹操　劉備……。
馬超　（曹操を制して）ここは行かせん。例え、あんたでもだ……‼
曹操　……ならもう少し俺に付いてこい。
劉備　殺すな……絶対にだ……お前は……再生するんだ……

劉協　分からない……だから……ここにきた……

——劉協の手を取る張角。

張角　……なら、生きよう。戦の終わりまで、生き抜きなさい。そして、人を信用しなさい……いつの時も。
劉備　……お前……ありがとう……ありがとう……。
劉協　私は……
曹操　切り開いたという事だ。では、戦の終わりで待っているぞ、張角。

——蒲牢がそれを見ている。

蒲牢　くそみたいな女だな……あんたもう終わりだ。あの男の言う通り、死んでもらうよ……。
張角　……何も聞こえないよ。ねぇ、皆いいよね？　それで、いいよね……。
劉備　天の声は聞こえねえけど……俺には聞こえるぞ。

亡骸が微笑む中——舞台ゆっくりと暗くなっていく。

★

典韋と夏侯惇の前に——華雄が襲いかかる。

華雄　狙ってたのを見つけたよ‼　。

典韋と夏侯惇に襲いかかっていく華雄。

夏侯惇　……何回も言わせるなよ。誰だお前……。
華雄　董卓軍先鋒・華雄さ‼
夏侯惇　……孟徳の考えそうな事だ。

岩改め——楽進文謙（がくしんぶんけん）が飛び込み——華雄に一撃をぶち込む。
馬超と曹操が飛び込み——華雄を斬り刻む。

華雄　……曹操……‼
曹操　お前を殺すのは俺じゃねえよ……そういう旗だ。

夏侯惇が斬るが、

夏侯惇　俺でもねえんだけどな。
曹仁　俺を忘れんな馬鹿もんが‼

華雄を斬る曹仁。

曹仁　董卓とは一緒にはしねえよ、うちのが上だ。覚えとけ馬鹿もんが！

曹操　持って帰って貰って構わんぞ。

張遼が入ってくる。

張遼　……これが曹操軍ね。

曹操　董卓への挑戦状だ。受け取れ。

張遼　まだ入ったばっかりなんですけどね。

曹操　少なくともお前を本気にさせるくらいにはなるだろう。それとも、この場でお前も土産になるか？

張遼　……ああ？

曹操　全てを捨てて――俺んとこに来い。お前を歓迎するぞ。

張遼　……あんたは俺が殺してやるよ。

その場を去っていく張遼。

夏侯惇　……悪いが、時間を貰うぞ。
曹操　全員、外せ。
曹仁　孟徳。
曹操　こいつと俺の挑戦なんだ。ここが終わりの場所だ。
曹仁　……行くぞ。
典韋　いいよ。
楽進　いわよ。
曹操　馬超、お前は次にどんな影響を受ける。
馬超　俺は……俺になる。そう決めた。
曹操　いいエールを貰ったなぁ、惇。

——その場を託す曹操軍。
倒れる夏侯惇。

夏侯惇　俺は死ぬってよ……孟徳。業に抗ったからな。
曹操　抗わなきゃ天下は獲れんのか？
夏侯惇　ああ。
曹操　そりゃ誰の天下だ。人に与えてもらう場所じゃねえよ。

蒲牢が入ってくる。
その後ろには、張角がいる。

蒲牢　選ばれもしない男がほざいてんじゃないよ全く。
夏侯惇　だがな、天下はこいつにやるんだよ。
張角　……お前が……もう一人か……
蒲牢　そいつも裏切ったさ……人を殺した……業に抗うあんたらが行き着く先は決まってるのさ。
夏侯惇　……俺は死ぬか？
蒲牢　死ぬさ。
夏侯惇　お前に聞いてるんじゃねえよ。俺は死ぬか？
曹操　下らんぞ。
夏侯惇　俺もそう思うぞ。
蒲牢　黙ってろ‼　張角……こいつを殺したら新たな業を与えてやるよ、天下をもう一度手に入れるよ。
張角　……私も、聞こえない。私は、私だ‼

覚悟を決める張角。
――夏侯惇と張角がぶつかる瞬間――。
趙雲がそれを助け夏侯惇の目を貫く。

趙雲　お前は死なせない……少なくとも、待っている者がいる。
蒲牢　……なんだこれ……お前ら……
夏侯惇　……こりゃ、傑作だ……消えろ。

高らかに笑い倒れる夏侯惇。

蒲牢　どこまで私に抗うつもりだ……同じ言葉は禁句だと言った……天の……
夏侯惇　お前俺に惚れてんのか？
蒲牢　ふざけるな……!!
夏侯惇　毎日でも相手してやる。だから今だけ、黙っておけ。
蒲牢　……許さない……。

蒲牢が消えていく。
甘が駆け込んでくる。

趙雲　命を絶つなら……その女の前でやれ。何も言わん。
張角　……何も……聞こえない……本当に、聞こえなくなった。
曹操　趙雲……お前も持っているか？

趙雲　……知らん。
曹操　そうだとしても……礼を言う。
趙雲　……いらん。

趙雲が張角の手を引き、甘とその場を離れていく。

夏侯惇　どうやら生き延びたようだ。
曹操　天下の声もあてにならんな。
夏侯惇　余計な事を言うな、またあの女が騒ぎ出す。
曹操　俺には聞こえんからな。
夏侯惇　それでいい。こりゃあ、片目持ってかれたな、あの小僧。
曹操　この日を、旗にする。戦の始まりだ。
夏侯惇　旗とは？
曹操　人だ。
夏侯惇　あいつらは欲しがるな、敵じゃねえとつまらん。
曹操　お前の目が見えん分、俺が見てやろう。旗の先にあるものをな。惇……抗うぞ、抗い続けて天下を獲る。
夏侯惇　俺は当分、死ねないな。

——曹操軍の旗が立っていく。

★

——桃の花がひらひらと舞っている。
遠くで声が聞こえる。

張飛　兄ぃ、酒が足んねえよ‼　酒が‼
劉備　馬鹿野郎！　結局手柄持ってかれて文無しなんだこっちは……‼
張飛　いねえのか……うちには……酒を騙してかっぱらってこれる軍師いねえのか……。
劉備　張飛……‼　そりゃあいい。
馬超　ヒヒーン‼
劉備　おい馬‼　お前酒かっぱらってこい！　大事な日だぞ‼
馬超　ヒヒーン‼

——遠くから見つめる甘の元に、趙雲が入ってくる。

甘　来てくれたんですね。
趙雲　……別にそういうわけじゃない。公孫瓚様の伝言と金を預かっただけだ。
甘　……ありがとう。あなたの、お陰です。
趙雲　知らん。それよりも……来るのか？

甘　……どうでしょう。わかりません。
趙雲　……来るといい。
甘　ええ……あなたは、行ってあげて。
趙雲　いや……。
甘　どうして?
趙雲　劉備は三人いれば天下を獲れると言った……今その三人目に入るのは、無粋だろう……。
甘　素敵な人ね……あなたは……。
趙雲　いや、別に……それよりも、あの話……。
甘　何?
趙雲　お前は……あれだあれ。その……嫁になるのか? 劉備の……?
甘　さあ、どうでしょう。

笑う甘の目の先に——張角が現れる。
新しい名前を生きる一人の女である。

張飛　兄ぃ!! 来た!!
劉備　……羽ばたく名前だぞ。生まれ変わりの時間だ。
女　……。

名前を告げられる関羽。
その驚きの顔に桃の花がひらひらと舞って――。

完

――カーテンコール後――。

暗闇にポツンといる華雄。

華雄　え……なんだぁ!?　なんだ!!

目の前に、蒲牢がいる。

蒲牢　分からないのかい？　あんた、生まれ変わったんだよ。天の龍様の七番目の子さ。
華雄　ええ……え？
蒲牢　……またどんくさいのが、生まれ落ちたね。クソみたいな女だな。
虫夏　おい!!　待て、おい!!

暗闇がその場を包み込む。

# あとがき

小さな頃から、「物語」が好きでした。お風呂の中で、キャラクターの消しゴムを手にしながら僕は、いつでも自分なりの物語を創っていたのを覚えています。毎日、毎日、飽きる事なく風呂場の湯船に浸かりながら、物語は戦っていました。そしていつの間にか大好きな正義は、悪に翻弄されていきます。散々な目にあった主人公の正義は、最後の一手で逆転する。それが子供の頃、僕にとって唯一無二のルールでした。その為に、悪があると。物語の為に、正義は翻弄されると。大人になった今、思う事は。その正義は、僕にとってだけのルールです。悪に正義はなくとも、大義はあるのだと。そしてそれは、僕のルールで決めた正義と悪でしかないのだと。

この作品は、二〇一四年十二月に、東京の全労済ホール・スペースゼロ、十五年一月に大阪のサンケイホールブリーゼで上演されたものです。二〇一二年から始まった三国志をモチーフにした「RE-INCARNATION」シリーズの三作目に当たる作品となります。劉備と曹操の激突である長坂の戦い、そして魏・呉・蜀が揃い踏みした赤壁の戦いをこのシリーズで描いた後、あえて始まりである「黄巾の乱」を描きたいと思っていました。三国志の世界で言えば黄巾は始まりであり、倒されるべき存在として描かれることが多いと思います。

ですが、大義のあった黄色い布を掲げる彼らの想いは純粋であると、倒される場所から出逢いの場所にしたいなと思っていました。それはきっと、大人になった僕のルールなのかもしれません。張角が自らの名前を手に入れる時こそ、「RE-INCARNATION」で描きたかった隣の人と手を繋ぐ物語に生まれ変わると。そんな願いを込めて、この作品を創りました。

時間の流れとは不思議なもので、作品を重ねるたびに産まれた登場人物を俳優が愛して育ててくれます。ふと、飲み屋に行ったときに「張遼の根っこは呂布ですからねぇ」と語る谷口賢志の顔や、「呉をもっと増やそうよ」と、口を尖らせる田中良子の顔や、「張飛って本筋に全く関係ないですね」と、あっけらかんと笑う村田洋二郎の顔に出逢います。ここでは割愛しますが、きっと皆それぞれが作品を無意識に育ててくれている事を僕は知っています。その度に、彼らを裏切るような新しい発想を探すのです。それも、もう無意識に。「リンカネ」シリーズの面白さはそこにあると、思っています。

一作目の「RE-INCARNATION」のあとがきに、全部で五つの物語になると書きました。その予定でしたが、実は僕も思わぬところで話が膨らみ、どうやら七つの物語になりそうです。その理由はきっと、俳優と同じように観客の皆さんや、この本を手に取って下さるあなたの力である事は間違いありません。心から、ありがとう。この作品が全て書きあがるのか否かさえ想像もつきませんが、演劇が記憶にしか残らないものだとすれば、共に旅をする仲間であることは間違いありません。三国志の英傑たちに想いを馳せながらいつも僕は思うのです。同じ時代に生まれた意味を。それは、僕らも問うべき事であると。

論創社の森下紀夫さん、関係者のみなさん、ありがとうございました。大切な俳優達、スタッフ、AND ENDLESS のメンバー達へ、心からの感謝を込めて。

そしてこの戯曲を手にしてくれているあなた、本当にありがとう。つたない言葉に聞こえるかもしれませんが本気で。あなたがいるから、僕はまだ物語を創れる。

いよいよ、「RE-INCARNATION」の全貌が見えてきました。壮大な、旅の物語です。
誰かと誰かが手を繋ぐ、現実に負けないように、手を繋ぐ。僕もあなたも旅の途中です。
だからこそ、物語の旅はまだまだ続きます。

二〇一五年十二月　新作「RE-INCARNATION　RE-SOLVE」の稽古中に。

西田大輔

Office ENDLESS produce vol.15『RE-INCARNATION』—RE-VIVAL—

上演期間　東京公演　2014年12月19日（金）～12月29日（月）
　　　　　大阪公演　2015年1月10日（土）～1月11日（日）
上演場所　東京公演　全労済ホール／スペース・ゼロ
　　　　　大阪公演　サンケイホールブリーゼ

【CAST】
趙雲子龍・・・・・・中村誠治郎
周瑜公瑾・・・・・・田中良子
劉備玄徳・・・・・・佐久間祐人
夏侯惇元譲・・・・・広瀬友祐
張飛益徳・・・・・・村田洋二郎

馬超孟起・・・・・・北村諒
楽就・・・・・・・・伊阪達也
張角・・・・・・・・佃井皆美
華雄・・・・・・・・猪狩敦子
張遼文遠・・・・・・谷口賢志
袁術公路・・・・・・塚本拓弥
張曼成・・・・・・・川畑博稔
曹仁子孝・・・・・・杉山健一
蒲牢・・・・・・・・新良エツ子

甘・・・・・・・・・甲斐まり恵
孫堅文台・・・・・・内堀克利
公孫瓚伯珪・・・・・須間一也

曹操孟徳・・・・・・西田大輔

荀彧文若・・・・・・一内侑
岩・・・・・・・・・竹内諒太
魯粛子敬・・・・・・平野雅史
劉協伯和・・・・・・本間健大
典韋・・・・・・・・小瀬田麻由

青年　他・・・・・・石井寛人
王門　他・・・・・・梅澤良太
于禁文則　他・・・・澤田拓郎
ハサイ　他・・・・・書川勇輝
夏侯恩子雲　他・・・斎藤洋平
李典曼成　他・・・・田嶋悠理

コウショウ　他・・・渡邊寛久郎
テイエンシ　他・・・シマハラヒデキ
トウモ　他・・・・・藤田峻輔
何進遂高　他・・・・奥山洋文

【STAFF】
脚本・演出・・・・・西田大輔
舞台監督・・・・・・清水スミカ
舞台監督助手・・・・上村利幸　加藤保浩
舞台美術・・・・・・乗峯雅寛
大道具・・・・・・・唐崎修（C-COM）
小道具・・・・・・・平野雅史（Office ENDLESS）
照明・・・・・・・・大波多秀起（デイライト）
センターピン・・・・木村裕喜　宮本京子
音響・・・・・・・・前田規寛（S.S.E.D）
サンプラー・・・・・岩崎※『立つ』の下に『可』※大輔（オアシス南国天）
サンプラー補佐・・・松本竜一（劇団豆狸）
音楽・・・・・・・・和田俊輔
テーマ曲歌唱・・・・新良エツ子
衣装・・・・・・・・瓢子ちあき
衣装協力・・・・・・雲出三緒　松浦美幸（DanceCompanyMKMDC）
ヘアメイク・・・・・新妻佑子
美容協力・・・・・・STEP BY STEP
宣伝美術・・・・・・Flyer-ya
スチル撮影・・・・・渡辺慎一
Webデザイン・・・・まめなり
グッズデザイン・・・清水みちる（礼泉堂）
撮影・・・・・・・・カラーズイマジネーション
制作・・・・・・・・Office ENDLESS
協力・・・・・・・・上妻圭志(S.S.E.D)　新井のどか　AND ENDLESS　bamboo　bpm　SOS Entertainments　アイズアプル　えりオフィス　オスカープロモーション　キティ　きずなステーション　ジャパンアクションエンタープライズ　スペースクラフト　センスアップ　ダンデライオン　てらりすと　ネオ・エージェンシー　ニューカム　フィットワン　プロダクション尾木　マイド　宮津ルーム　メインキャスト　ロットスタッフ

プロデューサー・・・下浦貴敬
主催・・・・・・・・〈東京公演〉Office ENDLESS
〈大阪公演〉ブリーゼアーツ　イープラス　Office ENDLESS

西田大輔（にしだ・だいすけ）
1976年生まれ。日本大学芸術学部演劇学科卒業。
1996年、大学の同級生らとAND ENDLESSを旗揚げ。
以降、全作品の作・演出を手掛ける他、映画・TV・アニメ等のシナリオを執筆している。代表作は『美しの水』、『GARNET OPERA』、『FANTASISTA』、『ムーラン・ドゥ・ラ・ギャレット』など。

上演に関する問い合わせ
〒160-0023　東京都新宿区西新宿 8-3-1　西新宿GFビル1F
Office ENDLESS　Tel　03-4530-9521
Fax　03-5501-9054

リインカーネーション　リバイバル

2015年12月25日　初版第1刷印刷
2016年 1 月 5 日　初版第1刷発行

著　者　西田大輔
装　丁　サワダミユキ
発行者　森下紀夫
発行所　論創社
東京都千代田区神田神保町 2-23　北井ビル
電話 03（3264）5254　振替口座 00160-1-155266
印刷・製本　中央精版印刷
ISBN978-4-8460-1496-4